« Le code de la propriété intellectuelle et artistique n'autorisant, aux termes des alinéas 2 et 3 de l'article L.122-5, d'une part, que les « copies ou reproductions strictement réservées à l'usage privé du copiste et non destinées à une utilisation collective » et, d'autre part, que les analyses et les courtes citations dans un but d'exemple et d'illustration, « toute représentation ou reproduction intégrale, ou partielle, faite sans le consentement de l'auteur ou de ses ayants droit, est illicite » (alinéa 1er de l'article L.122-4).

Cette représentation ou reproduction, par quelque procédé que ce soit, constituerait donc une contrefaçon sanctionnée par les articles 425 et suivants du code pénal. »

© Sacha BARAULT, 2024

Édition : BoD · Books on Demand GmbH, In de Tarpen 42, 22848 Norderstedt (Allemagne)

Impression : Libri Plureos GmbH, Friedensallee 273, 22763 Hamburg (Allemagne)

Illustration et photos :
Sacha BARAULT

Texte et mise en page :
Sacha BARAULT

Photo de couverture :
© 2024 last night in Toulon, Sacha Barault

Dépôt légal : Décembre 2024
ISBN : 978-2-3225-4338-0

Auriane et Sam

Dernière nuit à Toulon

Du même auteur :

Collection L'hippocampe
- ✓ ...plaisir à qui me frôle !
- ✓ Jamais blanc !
- ✓ Passionnément

Roman
- ✓ Auriane et Sam

SACHA BARAULT

Auriane et Sam

Dernière nuit à Toulon

Il n'est de jour qui se lève que la pensée n'observe

Sur le bas du fossé, la petite fleur gît,
Déracinée par le vent dont elle a tant joué,
Bousculée par la bourrasque, déjà flétrie,
Oubliée du soleil, minée de fausse liberté,
Les couleurs ne sont plus que du gris,
Nul subterfuge ne saura la ranimer,
Adieu papillons, envolés, échec et mat,
Bientôt, une lourde semelle maladroite,
La réduira en rêves inassouvis, crash trash,
Peut-être un enfant de passage t'a dessiné,
Vain souvenir, vite oublié, tiroir ténèbres,
Tombeau des charmes éphémères,
Souviens toi,
Tu étais lumineuse étoile solaire,
Coquelicot passion accroché à l'existence,
Rose entêtante au parfum de chance,
Tu étais arbre aux racines profondes,
Au fond de ce caniveau, la vie renonce,
Empoisonnée par la culture du mensonge,
Paraître et disparaître, destin de fleurs.

Sacha, Requiem pour un pétale

À Jeanne, Christelle, Angélique, Paola, Camille, Julien, Chloé, Auriane, Sam, Véra et tous les autres, s'ils avaient existé.

Toute ressemblance avec des faits et des personnages existants ou ayant existé serait purement fortuite et ne pourrait être que le fruit d'une pure coïncidence.

Jeudi 22 février, 18 h, plage du Mourillon

Sam vient s'échouer sur un banc, derrière le restaurant, tout au bout de la plage. La nuit descend, le froid aussi.

Il s'est remis à fumer après vingt ans d'abstinence heureuse. Séance rattrapage, deux paquets par jour. Quelques clopes pour attendre le départ des derniers promeneurs, familles à poussettes, joggeurs et le pire, les couples d'amoureux, main dans la main et qui parfois se collent des galoches dégoulinantes d'amour.

La plage est déserte, la mer se tait, elle s'en balance, même pas une vague pour détourner son esprit.

Le muret de béton accueille le corps lourd d'animal blessé. Le sable est trop froid pour son cul. Sam va se flinguer et ne veut pas avoir froid, dérision de l'être.

Dans la poche du blouson, le Laguiole, acheté sur le chemin de Compostelle, à Estaing. C'était chouette ce chemin à deux. Et puis cette semaine en solo. Complétement en tête à tête avec lui, la nature en témoin.

Il marche, erre plutôt quelques pas maladroits au ras de l'eau, là où le sable est dur, léché par les vaguelettes. Les godasses sont trempées, comme l'âme, mais impossible de déclencher les larmes que le cœur produit à gros bouillons.

Brutalement, il se vautre dans le sable, le dos contre le mur. Sort le couteau. Le fil brille aux lueurs de la lune naissante. Un regard au téléphone. Un appel, un message. Rien.

Tout à l'heure, il a viré sa tronche de Facebook, pitoyable geste de détresse, appel au secours de vaincu. Vain surtout.

Le poids de l'étreinte de l'attente et de la solitude absolue sont devenues insupportable, insurmontable. Personne ne sait où Sam crèche à Toulon, aucun texte pour expliquer, rien à justifier, ses papiers suffiront à l'identifier.

Mal au cœur. Non, pas une envie de dégueuler. Un mal dans le cœur. A déraisonner. Non, pas à perdre la raison. A ne plus vouloir avoir mal. Non, il ne va pas mal, il souffre du cœur, de l'âme. Il crève comme une bête de son cœur déchiré. Ça saigne à coup de gros jets rougeâtres bien dégueulasses. Ça inonde l'esprit de douleurs noirâtres, tâche le corps, les bras, le paletot, ça asphyxie de traînées globulantes, épaisses et puantes. T'en veux de l'hémorragie palpitante, en voilà !

Il colle un garrot déjà souillé de flétrissures abjectes, ça pisse au travers à grands jets épuisés de silence. Accepte. Vomit de l'hémoglobine crasseuse d'ego rendu, avoué, ravalé. Ferme sa gueule, se rhabille d'un sourire, compte ses rides.

Un jour, Sam a eu le goût de dieu sur la langue.

Plage, 20 h

Sam a toujours su que vieillir serait une erreur.

La sagesse, l'expérience, le vécu ne sont que des foutaises de décrépis qui tentent de justifier leurs avis de vieux cons, la lenteur obligée et la nostalgie de la jeunesse perdue.

Il sentait bien qu'il y avait beaucoup à perdre, les soirs d'ivresse, les nuits de musique, l'odeur des filles, le désir de l'amour.

A 25 ans, il s'est considéré en sursis, surnuméraire, un veinard oublié des listes. Sur le qui-vive, dans un refus et un rejet profond de l'âge de raison, de la maturité et de l'ordre établie, il a fait comme si. Pas de prévision, pas de plan de carrière ni de plan retraite, chaque jour comme le dernier, chaque verre, chaque clope pour préparer le corps à en recevoir d'autres. Chaque fille comme un cadeau, à déballer comme une boîte de chocolat, curieusement, passionnément, gourmand et changeant.

Il s'est arrêté là, à 25 ans, pas voulu poursuivre le décompte, les anniversaires qui rapprochent de l'arthrose et de la sortie, les obligations, les engagements sur 20 ans, les plans épargnes qui bouffe ton pognon pour te le restituer quand tu ne bandes plus.

Rien, nada, 25 ans et basta !

Devenir un vieux con, le lire dans le regard condescendant des moins vieux, l'entendre dans le respect poisseux des plus jeunes, « Monsieur », lui qui est resté un jeune con, ne manque que l'acné. Il adore avoir un bouton sur la figure. Rêve de se lever un matin avec une truffe de calculatrice, un front en clavier, le pif pustulé de confettis blancs, le menton cratérisé de croûtes rougeâtres. Vérolé mais jeune !

Il n'a pas vu le coup venir. Extirpé du lit un matin avec deux poteaux dans les guibolles, un cadre de vélo dans le dos.

Dans les couloirs, au boulot, Sam disait :
« Bonjour Sylvain, Bonjour Laure »,
Ils répondaient :
« Bonjour Monsieur ».
Salauds !
Dans les rides de ses proches, dans le corps de ses maîtresses, dans les désillusions de ses amis, dans leur renoncement à des combats, par lassitude, par fatigue, il s'est vu. Dans les photos que tu retrouves en rangeant, dans les images que les amis partagent sur les réseaux sociaux, lorsqu'ils affichent en profil des visages de 20 ans, il s'est vu. Dans les vedettes qui ont grossi, vieilli, devenues lourdes et alcoolos, celles qui faisaient fantasmer sur les affiches de cinéma collées dans la chambre, il s'est reconnu. Cette putain d'horloge n'épargne ni les belles ni les célèbres.
Ni lui.

Alors, il a voulu croire que les habitudes ralentissent le temps. Trucs de finissants. Pas réussi. Trop ennemi de la routine. Difficile de vivre avec un type comme lui. Jamais assis à la même place à table. Il a tenté le rôle du client habitué d'un bistrot. Le gars qui prend toujours la même chose, que le serveur appelle par son prénom et qui serre la main du patron. Il y en avait un sympa sur le quai. Un bistrot, pas un patron. Pas réussi. Au deuxième passage, l'ennui le gagnait. Le gonflaient sévère les accrochés du zinc, déjà morts.

Sam n'a jamais rien fait comme tout le monde, au contraire. Il voulait être lui, entièrement, que ça te plaise ou non, tu prends ou tu laisses. Et il essaie de te donner le plus de possibilité de prendre mais si tu laisses il t'oublie, tu n'auras été qu'une péripétie, même pas un souvenir.

Bon petit soldat pour qu'on lui foute la paix, pour ne recevoir ni reproches ni félicitations. Selon le dicton, un anarchiste c'est quelqu'un qui traverse dans les clous pour ne pas avoir à parler avec la police.

Il n'a été convaincu de rien, rien intégré, refusé, non sans étudier, tout ce qui se clamait institution, religion, politique, carrière, profession, patron, avenir, argent, diplôme, coutumes, traditions, des trucs pour ceux qui veulent faire perdurer des abominations comme la chasse et la corrida mais qui oublient la vieille tradition du respect de l'environnement, parce que tout ça n'avait qu'une ambition, suivre le chemin qu'ils traçaient pour lui. Niet. De la même manière, Sam n'a fait qu'effleurer la drogue, s'est éloigné de l'alcool, acoquiné à aucun mouvement qui enlève le libre arbitre, la pensée, le choix.

Chaque fois qu'il y a un ordre établi, tu peux être certain qu'il sert les intérêts de quelqu'un. C'est pour ça qu'il a renoncé au communisme, qui avait charmé ses jeunes années. Réfuté toute idée d'un engagement. Et son désamour de l'école, ce lieu d'apprentissage par des gens qui ne sont jamais sortis de l'école, cet endroit qui enseigne les mathématiques mais pas les valeurs de la vie sereine.

Et ça coûte en évolution, t'en sues des kilomètres de solitude et de rejet, des années de réflexion et d'envie de renoncement.

Au final, il peut rester droit, ne pas avouer un écart, un manquement, un accord pour de l'argent, de la gloire, de la servitude. Peut-être, momentanément, alors c'était par amour.

La liberté comme un credo.

Sam considère les hommes et les femmes parfaitement égaux, autant en termes de stupidité que dans la liberté de vivre. L'individu avant le sexe. Il ne regarde pas dans ta culotte avant d'écouter tes paroles et de voir tes actes.

Il se souvient de cette pétasse à poils longs qui l'a traité de macho parce qu'il s'est effacé à la porte d'une boulangerie. Le ridicule de la revendication dans toute sa splendeur. Bien qu'il admette et comprend bien des excès pour soutenir la cause féministe, le retard justifiant parfois l'outrance et l'exagération.

Sam adore les femmes.

La relation hommes femmes, un univers de concessions, de tolérance, de bienveillance, de pardons, d'obligations, de contraintes pour quelques minutes de plaisir et quelques orgasmes. L'amour dure trois ans disait l'autre, peut-être pas autant. L'offre tue la longévité, la facilité liquide la qualité.

S'élèvent alors les voix de celles et ceux qui hurlent, non, non, nous on s'aime depuis 10, 20, 30 ans. C'est parfait, tant mieux pour vous, continuez, regardez un peu autour de vous, écoutez aussi. Ça trompe, ça ment, ça baise à heures de bureaux rabattues, les hôtels des zones commerciales pourraient en raconter des tonnes de maris et femmes fidèles. On est toujours le dernier averti.

Vieillir c'est le moment de regretter les actes et les mots, c'est le moment où le temps est maudit parce que qu'on sait qu'il est immuable, cruel, sans retour. La pseudo immortalité de la jeunesse a foutu le camp.

Chaque parole a suivi son chemin dans l'âme, forant malignement sa putride ride, creusant un sillon de frustration.

Chaque acte a accompli son œuvre, irréversiblement. Ce qui est fait est.

Alors naissent d'autres suites aux scènes, des scénarios différent, des sorties triomphantes ou du moins sans nostalgie. Et aujourd'hui, ce serait comment avec Christelle ?

Ils habiteraient cette petite maison sur le port. L'été, ils seraient les premiers sur la plage. Au printemps, le sable et la mer leur appartiendraient. L'hiver, ils écouteraient le vent taper aux volets bien clos sur l'amour. L'automne... ah non, fait chier l'automne, c'est là que tout flétrit, que tout se fane, les gens, les rêves. La rentrée, la dépression, les impôts, le froid.
Avec Angéline ?
Et avec... stop, il ne veut pas faire l'inventaire des possibilités offertes et repoussées par toutes ces compagnes éphémères.

Comme dans un cliché de fin de vie, classique de film de série B, Sam prend toutes les images dans la figure, les cris, les larmes, le sang, les médocs, l'alcool, les nuits et puis aussi le cul, la plage, l'amour, l'espoir.

Sam a eu du bol avec les femmes. La peau usée à leurs ventres soyeux.

Angéline

Je travaillais dans un supermarché en Haute-Savoie. La direction nous a annoncé la venue d'un formateur dans le cadre d'un changement de matériel.

Quelques jours après, Sam est arrivé. Il a fait le tour du magasin pour saluer tout le personnel. Lorsqu'il m'a serré la main, il m'a regardé fixement, conservant ma main dans la sienne quelques secondes de plus que nécessaire. Je l'ai trouvé beau.

Lorsque ce fût mon tour de m'initier à mon nouveau matériel de caisse, Sam était derrière moi. Dans un mouvement naturel de la tête, mes cheveux ont balayé son visage. Je l'ai senti et me suis retournée. Il souriait et n'avait pas reculé. Nous avons passé deux journées côte à côte. Lorsque j'étais dans les rayons du magasin, il passait en m'adressant un petit mot.

Le vendredi après-midi, je savais qu'il devait repartir. Nous nous regardions intensément mais il n'a rien dit. Lorsqu'il est sorti du magasin, je voulais courir à sa voiture mais mon responsable était avec moi et je ne pouvais pas bouger. J'ai vu sa voiture passer. Tristesse.

Quelques jours plus tard, j'ai reçu un message avec un numéro de téléphone. Sam.

Il est revenu de son midi pour me voir. Nous avons passé quelques jours ensemble. Fait l'amour beaucoup. C'était inné, évident. Nos différences d'âge étaient gommées. Il était rieur, vivant, résolument optimiste, pour lui tout était possible. Moi, je suis plutôt une fille en colère. Nous n'avons pas poursuivi notre histoire longtemps. Je le regrette encore. Nous sommes restés amis, on s'appelait de temps en temps.

J'ai vu sa photo disparaître des réseaux sociaux et son silence. Je me suis renseigné et j'ai appris ce qui c'était passé. Sam qui a réussi à faire taire ton amour de la vie ?

21 h, sur le sable

Sam grelotte de froid, ses pieds sont des morceaux de douleur, ses jambes tétanisées. La conscience brouillée, rêves et réalités se mêlent.

La lame, au premier appui a légèrement incisé la veine du poignet gauche. Une jolie groseille est apparue, goutte d'une existence devenue inutile. Il la regarde tirer un trait noir vers la mer. Tout à l'heure, il tranchera plus haut, dans l'avant-bras, là où la veine est plus épaisse, plus propice, pour aller plus vite.

Là-bas, derrière la corniche, au-delà des immeubles, dans les collines de la ville, son âme court. Dans les rues, les cafés, elle cherche un regard. Un quête désespérée.

Sam a perdu la raison, et bien plus. Il tremble, invoque et supplie. Prière silencieuse que le vent ne sait pas porter. Il ne faut pas croire aux légendes.

Ça ne saigne plus, premier essai, pas mal. Trop froid. Et son cœur concentre toute la douleur.

L'esprit bat les rues de la ville, un bar, une terrasse, un restaurant, des places, images mouillées, précieuses d'heures emplies de promesses, de rêves dorés. Il n'a plus la force de sa mémoire. Force un peu sur l'entaille pour provoquer la chute de nouvelles perles. C'est laid une plage humide la nuit.

Un chien passe derrière lui, s'assoit un instant, se lèche les couilles et poursuit sa quête. Un chien.

Il aurait adoré se remarier. Oui, c'est vrai. Pour Sam c'est la plus belle preuve d'amour que de remettre sa liberté à l'autre. L'autre. Mais faut faire gaffe. Pas transformer le "je" en "nous". L'aimer pour ce qu'elle est. Rien changer. Prendre. Et tout donner. Et puis se parler. Son grand kif c'est une bouteille de Reuilly blanc en tête à tête dans une jolie intimité. L'écouter raconter, quand elle s'emballe dans les péripéties de la vie. Les yeux qui pétillent. C'est simple. Grandiose. Il adorait l'écouter, suivre le mouvement de ses lèvres. Alors, il se taisait, se figeait, profitait à outrance de ses confidences, ses opinions et sensations. Il revivait sa jeunesse à travers elle et chaque fois comprenait encore mieux qu'il n'y avait pas eu de hasard dans leur rencontre.

La plage, 22 h

Sam n'est pas né quelque part. Il s'est intégré, enduit, fondu dans l'Afrique. Quel merveilleux endroit pour vivre.

Les premiers souvenirs parlent de goyaviers et de frangipaniers, de manguiers et de bougainvilliers. D'odeurs fortes et entêtantes, de chaleur et de saison des pluies diluviennes. Et d'amis, de pied-nus, noirs et blancs mélangés dans la conscience enfantine qui ignore la couleur. C'est après que cela change.

Son père.

Il a adoré cet homme, qui ne lui a collé qu'une paire de baffes dans toute sa vie, amplement méritée, il le lui accorde, à la différence du quotidien orageux utilisé comme système éducatif maternel, qui faisait planer au-dessus de sa jeune tête une armada de beignes et autres douceurs dont beaucoup atteignaient malheureusement leur cible.

Le soir, lorsque toute la maisonnée avait regagné les quartiers de nuit, il s'asseyait au salon. Sur le poste radio, il écoutait France Inter qui diffusait des programmes à l'international, causeries, pièces de théâtre, reportages. La télévision, naissante en Europe, n'avait pas franchi la distance qui nous séparait. La fumée de ses Craven A est encore présente dans sa mémoire. Il aimait le calme des nuits africaines. Parfois, Sam se relevait et se glissait sans un bruit sur les marches de la terrasse. Son père faisait semblant de ne pas l'avoir vu, au pire le gratifiait d'un regard qui disait « Que fais-tu là ». Ils partageaient le silence.

Quelquefois, il lui disait « Mets de la musique ». Sam se souvient de la platine qui ferait baver d'envie les amateurs actuels de cet objet. Ultra-moderne pour cette époque, c'était un appareil de grande valeur, doté des dernières technologies en matière d'audio.

Sam choisissait des rythmes qui convenaient à tous les deux, se faisant rabrouer lorsqu'il essayait de glisser Pink Floyd ou Iron Butterfly.

De ces nuits, Sam conserve précieusement cet amour palpable mais qui ne se disait pas. Lorsqu'il lui a dit, sur son lit de mort, malgré son coma, la main de son père a serré fortement la sienne.

Cet homme, parti de l'assistance publique, puis de la guerre, a fait, seul, son éducation jusqu'au poste d'ingénieur. C'était un lion. Ses yeux bleus et sa crinière blanche en imposaient. Il l'a vu un jour, juché sur un rocher dans une carrière, en pleine brousse, face à deux ou trois cent mineurs en colère et menaçant, se faire entendre sans éclat. Sam lui voue une admiration sans limite.

A son enterrement, lorsque tout le monde s'est retiré, Sam est resté dans ce champ de navet, face à ce petit monticule de terre. C'est donc ça tout ce que mérite un homme, un tas de terre. Il lui voyait une statue à la gloire du courage.

Son père était très souvent absent, laissant le champ libre à la maîtresse de maison. C'est là que ça s'est gâté. Confié aux pères marianistes, Sam n'aura jamais assez de mots pour éructer sa haine de cette engeance. Sévices, brimades, attouchements, voire plus même sans affinité, ont été le quotidien de sa courte carrière scolaire. Lorsque, par deux fois, il a tenté de se confier à cette femme, elle l'a fait taire à coups de claques en criant menteur.
Plus tard, les psychologues diront qu'il lui a fallu beaucoup de résilience pour en sortir sans séquelles.
Peu de gens échappent aux conséquences d'une mauvaise enfance, il les a subi pendant de longues années.

Alors, Sam est parti, une longue fugue. Définitive. Et de ces quelques folles années, il conserve des images autant drôles que violentes, aussi dramatiques que touchantes. Toute la construction, bien avant qu'il n'en prenne conscience de son caractère. Liberté.

Plage du Mourillon, 23 h

A seize ans, Sam rencontre Jeanne.
C'était un voyou, elle une étudiante. Il trafiquait en Afrique Centrale. Forêts, pygmées, peaux de bête. Nuits d'ivresse, alcool et sexe. Boites de nuit, bordels, bagarres. Poker, roulette russe et argent rouge. La belle vie.
Elle l'admirait, il a fondu devant cette jeune femme.
Ils se sont mariés jeune. Il n'a jamais su dire non. Elle le lui a souvent reproché.
Sam est retourné à l'école pour devenir analyste. Ce job ne lui convenait pas, enfermé dans un bureau toute la journée, il est rentré dans la grande distribution. Manut. Les poubelles. Elle était là. Ça lui suffisait. Tout était bien pour elle. Il a bossé dur, nuit et jour. C'était dans la période où on tirait une gloriole de taper cent heures dans la semaine.
Il est devenu un crack dans sa partie. Directeur de magasin. Et puis un peu plus. Métier de merde. Muté tous les trois mois. Jeanne suivait. Ils ne défaisaient plus les cantines, elles servaient de table de nuit. Elle ne se plaignait jamais. Avec Jeanne, ils faisaient toujours des trucs de dingues. Ils avaient toujours des idées déraillantes. Et ils les accomplissaient. En tout cas, ils essayaient. Jamais une femme ne l'a suivi comme elle l'a fait. Ils étaient scotchés.
Sam l'a aimé passionnément pendant trente ans.
Et puis la vie s'est emballée. Les mouflets. La vie.

Les mouflets, Nestor et Loupiotte. Ses yeux. Lorsque Nestor est né, Sam a découvert l'intérieur du ciel. Quand Loupiotte s'est pointée, il avalé la lumière. Une mouflette ! T'imagines pas.
Un jour, quand ils dinaient avec des connaissances, elles étaient deux gamines, assises l'une à côté de l'autre. Elles étaient belles. Alors, il a dit « J'aime les petites filles ». Mauvaise spontanéité. Ça a jeté un froid. Les cons. Ne faut rien dire, pas avoir d'émotions, toujours réfléchir. C'est son défaut. Il pense, il dit.
Enfin, Sam était le roi du monde avec Jeanne et les lardons. Ils vivaient toujours collés. Tous les quatre. Et puis, ils ont grandi, se sont barrés de la maison. Ça ne devrait pas être comme ça. Il voulait une grand baraque où ils seraient restés avec leurs mecs et leurs nanas. Mais pas partis. Restés là. Ils se seraient collés à six. Quand ils étaient ados, la maison était pleine des copains copines. Ça mangeait, dormait, riait, jouait de partout. Le matin, il y avait huit paires de pompes en bas des escaliers. On ne savait jamais combien ils étaient. Parfois, à six heures du matin, Sam ouvrait la porte de la cuisine, il y avait une colonie qui déjeunait. Il gueulait un peu pour la forme mais c'était chouette.
Sam conservait une immense nostalgie de l'Afrique. Ça ne passait pas. Complètement habité. Jeanne aussi mais elle ne disait trop rien. Un jour, ils ont tout vendu, pris les gamins sous le bras et ils sont repartis. En quinze jours.

Ça a été dur. Pas de statut d'expatrié. Pas de prise en charge pour la scolarité des enfants, pas d'assurance maladie, pas d'allocations, pas de billets d'avions, pas de vacances. Tout à leur charge mais c'était une période géniale de vraie vie et de liberté.

Et puis Jeanne et Sam se sont séparés. Ils n'auraient jamais pu croire ça possible. Ils ont divorcé. Comme tout le monde. C'est bien la première fois qu'il faisait comme les autres. Il avait peur du temps qui passe. Elle non. Il est parti.

Il a fait une collection de nana.
L'amour, comme un jeu de poker. Tu bluffes, tu renchéris pour voir le jeu de l'autre sans dévoiler tes cartes.
Si tu es un vrai joueur, tu ne les montre pas lorsque l'autre se couche, tu laisses penser que ton jeu est le meilleur.
Tu finis toujours par mettre tout au tapis, parce qu'un jour, tu ne joues plus, tu veux dire vrai. C'est ce jour-là que l'autre devient un joueur de poker et rafle ta mise.

Sam papillonne de fleurs en chattes, laissant faire le hasard des rencontres, pour des aventures éphémères, des trucs qui n'engagent pas. Il ne donne pas d'espoir, d'ailleurs est-ce que ses partenaires en attendent, il n'en est pas certain, il choisit des filles dans son genre, des liaisons sans suite.
Il lui est arrivé de cumuler mais ne veut rien en dire de plus, même si cela l'a beaucoup amusé.

Les hommes ont ça dans le sang, plaire, conquérir, séduire. Bien plus que baiser, ça c'est facile, il y a plein de filles pour ça. Séduire, enchanter, c'est autre chose. L'homme qui séduit se fait du bien. Prends ça dans l'ego ! Il se rassure, certes, mais surtout se donne la mesure de lui-même, se crée de nouvelles forces, de nouvelles ambitions.

Et puis, les femmes le savent, c'est contagieux la séduction, elles vont toujours vers des mecs à filles.

Sam n'aime pas parler de filles lorsqu'il est avec d'autres hommes. Les histoires entre elles et lui, ça ne regarde personne d'autres que les partenaires. Les filles se racontent plus les trucs de cul qu'elles font avec leurs gars que les hommes. Chez les hommes, ça se cantonne à un « Tu l'as sauté ? » ou « Elle est bonne ? ». Ils préfèrent discuter de philosophie et de mathématiques.

Non j'déconne, de rugby et de bagnoles.

Ce qui ne l'empêche pas d'avoir son opinion sur la complexité de la relation homme-femme, de plus en plus compliqué par la légitime libération des femmes et la tendance à la féminisation des hommes. Il remarque qu'elles deviennent aussi connes que les mecs quand elles conduisent, jouent au foot avec les mêmes simagrées, cultivent la même violence et picolent autant qu'eux. Et que les hommes s'épilent. D'ailleurs, plus les femmes se rasent la chatte, plus les hommes se laissent pousser la barbe. Hasard, nostalgie ou transfert ? Au risque de passer pour un vieux macho, ce dont il se tamponne le coquillard avec une patte d'alligator femelle.

Les femmes. Elles devraient diriger le monde avant que les hommes finissent de le bousiller. Difficile de comprendre qu'avec le pouvoir de leur sexe sur les hommes, elles n'aient pas encore réussi à prendre les rênes. Sans doute encore un peu trop d'héritage religieux qui traîne aux fond des culottes.

Mis à part les activités non réglementés de voyou, Sam a fait cent métiers. Analyste, maçon, vendeur, de tout, y compris en porte à porte, bouquins, assurances et robots ménagers, barman, guide, écrivain, directeur d'entreprises, coursier, chauffeur, planteur, consultant, formateur, hypnothérapeute clinique, patron de bars, fleuriste, journaliste, etc....Certains disent qu'il est instable. Les pauvres. Il s'est bien marré. Une nouvelle envie, un nouveau job. On vit qu'une fois. Il a vécu cent fois. Toujours avec passion.
Ce qu'il a appris de la vie a largement compensé sa scolarité courte et défaillante. Surtout sur les hommes.
Les hommes, ils tètent maman, s'aperçoivent qu'ils ont un truc en plus. Alors ils cherchent une nana pour le mettre dedans. Pourvu qu'elles ressemblent à maman. Qu'elles lavent les chaussettes, fassent les courses et préparent le repas. Il n'y a que la taille des jouets qui change, p'tite voiture, grosse bagnole.
Les nénettes sont plus clairvoyantes. En règle générale...

Sam s'est éclaté dans cette vie. Il est prêt à signer pour la même. La prochaine. Rien à jeter. Garder les émotions, c'est ça la vie, les émotions, les sentiments. Garder l'amour, le courage d'oser, saisir les opportunités. Bouffer la vie. Choisir, pas subir.

Jeanne

Il a déboulé dans nos vies comme un électron libre. Les cheveux dans le dos, un look de hippy, veste sans manche en daim et jeans crade. L'air de se moquer de tout. Il venait au lycée de temps à autre, ne respectant même pas le port de l'uniforme obligatoire. Au lieu de la chemise blanche en vigueur, il portait des tee-shirts et toujours ses jeans taille basse. Au milieu de tous ces fils et filles de bonne famille, enfants d'expatriés, il avançait comme s'il était seul au monde.

Je suis blonde, les yeux bleu, on me dit jolie.

Sam sortait beaucoup, pas comme un jeune de seize ans, il vivait en adulte, fréquentait les boîtes de nuit des quartiers chauds de la ville. Je l'ai dragué, nous sommes sortis ensemble, puis il est parti dans un autre pays. Une année plus tard, nous avons repris notre relation, il était revenu en France pour moi, parce que je commençais de nouvelles études qui m'obligeaient à quitter les tropiques.

Quelques mois plus tard, nous nous sommes mariés. Il est rentré un soir, je lui ai dit, nous nous marions en septembre, il a dit oui. Il disait toujours oui, Sam, et faisait comme il voulait ensuite. Pour les préparatifs, il n'y a pas vraiment mis de la bonne volonté et a accepté tout ce qu'on lui présentait. Six mois plus tard, nous avons commencé une procédure de divorce. Puis nous avons recollé les morceaux.

Nous avons été recrutés dans un hypermarché, sa carrière a débuté à ce moment-là. Ce monde de folie lui convenait. Il a refusé de pointer, s'est fait convoquer à la direction, en est ressorti avec un statut supérieur. Pendant des années, nous avons déménagé d'un magasin à un autre, au rythme de ses mutations. Je trouvais toujours un poste dans les villes où nous atterrissions.

Le désir d'enfant s'installait chez moi. Pas chez Sam. La peur de voir réapparaître ses démons de l'enfance. Nous nous sommes disputés deux fois au cours de notre vie commune, la première fût pour cette raison. Nous avons eu deux merveilles.

Je voyais bien les regards de Sam sur les femmes. Je savais qu'il les attirait. Je sais qu'il m'a trompé. Les blondes... Pourquoi n'ai-je rien dit ? Par-dessus tout, je ne voulais pas le voir partir. Pensez ce que vous voulez, je sais aussi la passion qui nous a uni. Une vraie et longue passion. C'est rare.

Il n'a pas que des qualités Sam. Loin s'en faut. Mais dans son genre c'est un fidèle. En amour et en engagements. Paradoxal avec ce que je dis sur ses liaisons, n'est-ce pas ?

Ensemble, rien ne nous effrayait. Les idées et les projets, les échecs et les entreprises, aucune idée folle ne nous a arrêté. L'Afrique, notre rêve commun, notre terre promise, nous y sommes retournés avec les enfants. Les retrouvailles avec les couleurs, les longues pistes, la chaleur et la plage, les africains, les fruits, l'aventure quotidienne, malgré les difficultés, c'était notre volonté d'être là.

Je date le début de notre fin au moment de notre retour en France. Sam, lui est reparti mais il avait changé. Comme s'il ne pouvait se dissocier de son continent d'origine. A son retour, nous nous sommes séparés. Il m'a annoncé un soir ne plus rentrer à la maison, dit son désir d'aller vivre ailleurs. Le sol s'est effondré sous moi.

Nous nous sommes revus, plus tard, il venait dormir à la maison, sur le canapé, puis disparaissait de longues semaines. Ce qui nous lie est indestructible. Nous avons divorcé, à sa demande. C'était un accord entre nous, il n'y aurait ni crise ni refus à la demande de l'un de nous deux.

Il avait une résilience extraordinaire, une capacité à rebondir qui le sortait des situations et des états d'esprit les plus noirs. Mais il avait une faiblesse qu'il avouait en riant, les femmes. Celles qui le gardaient, quelques jours ou plus longtemps, devaient s'en rendre compte, on ne sort pas indemne de Sam. Je n'ai pas refait ma vie.

Il m'a parlé de Véra, de leur vie commune. Il semblait totalement serein, comme je ne l'avais jamais vu. Je n'ai pas vraiment aimé mais j'ai été heureuse de sa nouvelle et inédite situation. Sam était heureux et c'était un évènement. Il m'a aussi laissé entendre, plus tard, la rupture. Mais pas la raison.

Je le connais par cœur, je peux imaginer ce qui l'a amené là, quelle force et quel amour il devait ressentir pour prendre cette décision.

Plage, minuit

Sam a rencontré Paola.

Elle, c'était la reine de beauté. Mannequin de temps à autre, d'origine polonaise, blonde, yeux bleu. Il l'a un peu dragué, elle l'a alpagué. Il l'a plaqué. Elle est revenue. Elle ne pouvait pas avoir d'enfant. Elle est tombée enceinte. Il a voulu l'enfant, il n'a pas vécu. Mais reste toujours au creux de son cœur. Chienne de vie.

Sam est parti.

Et puis Angéline. Trop jeune, trop en colère contre le monde, elle le minait avec ses emportements. Elle voulait venir dans le Midi avec lui. Se donnait à corps perdu. Bosseuse en diable. Sam est parti.

Christelle lui avait dit « Tu es cynique, froid. Tu parles souvent mais on ne sait jamais vraiment ce que tu penses. Tu es capable de tout quitter, maisons et personnes, même ceux que tu aimes, sans un regard, sans te retourner. Qui es-tu pour toujours garder ton sang-froid ? Je crois que tu as tué des gens. Tu es glacial, sans état d'âme ».

Parce que tu crois que les hommes jouissent toujours ? Qu'à chaque fois qu'ils émettent une gougoutte, c'est l'extase sidérale ? Tu crois qu'il suffit de leur bouger un peu la bite pour que ce soit le grand soir ? Mais non, les mecs, comme, les femmes, ça a un degré dans la jouissance, parfois, c'est insignifiant, d'autres fois tu prends un train dans l'âme. Et ça dépend d'autant de trucs que pour une nana, les sentiments, le savoir-faire, l'envie, la personne, les circonstances. L'âme sœur ?

Le grand défilé a continué, tout y est passé. Nationalité, couleur. Toujours belles. Le grand barnum. Quand les autres n'osaient pas, trop belle, il fonçait. Va savoir. Strike. Toujours dans le respect et la douceur. Il faut que tout le monde soit d'accord. Et majeur. Sam ne savait pas ce qu'il cherchait. Rien sans doute. Ou plutôt si, il cherchait l'Amour. La complicité, le respect, l'entente parfaite, l'accord des idées et des corps, la tendresse. C'est beaucoup sans doute. Il n'aime pas dormir seul. S'emmerde. Se réveille en pleine nuit. Manque.

Et puis, on s'intéresse à bien des choses en amour. La durée de la relation, l'âge des amants parfois le sexe. Alors qu'il n'y a d'important que les étoiles qui brillent dans les yeux de l'autre.

Ce n'est pas un concours. Il ne coche pas des croix sur un tableau. N'a aucune idée du nombre et s'en fiche. Ils se sont fait plaisir, ont essayé de rester ensemble, ils ont été lucides et comme ce n'était que du sexe, se sont séparés bon copains. Sam n'en parle pas. Ça ne regarde qu'elles et lui. Comme quand tu fais la route, un joli coin, tu stoppes. Parfois tu restes, parfois non. C'est un vrai matou, il faut du temps pour l'apprivoiser, la moindre colère le fait fuir. Il n'est pas équipé pour les disputes. Fâcheuse tendance à trop donner lorsqu'il aime et une fois apprivoisé, il a besoin de retour.

Sur la plage, minuit...

Sam a tout largué pour Christelle. Afrique, travail, maison, relations. Ils vivaient dans son petit appartement des extases torrides et des matins câlins. Restaurants, promenades, ciné, tout était prétexte au sexe et à l'amour. Ils avaient fait taire leurs démons, elle la peur, lui la solitude. Ne pas partager, pas un instant pour les autres, une goinfrerie d'amour, une orgie de tendresse. De sexe.

Christelle et sa voix chaude et ronronnante qu'il l'avait envoûté lorsqu'ils se sont parlé pour la première fois au téléphone. Cette voix conservée dans le répondeur de son téléphone comme le glas de la rémission Son visage qui devenait celui d'une toute jeune femme lorsqu'ils faisaient l'amour. Elle osait des audaces pour lui, accentuant son érotisme lorsqu'elle a compris que c'était une force pour le garder.

Malgré leurs différences de caractère, tout les réunissait et les projets de vie fleurissaient, maison en Corse, voyages, ils ont même sérieusement envisagé de partir ensemble en Afrique.

Mais ils ont sous-estimé leurs faiblesses, surestimé l'amour. Et ils se sont servis des sentiments pour extirper ce qu'ils avaient de pire en eux. Jusqu'à en écraser l'autre, le piétiner, le rendre incapable d'aimer à nouveau.

Christelle était jalouse à la limite de la paranoïa, parfois même paranoïaque en plein. Sam trop libre, trop en besoin d'expression, trop en besoin d'exhaler des putridités. Alors il est parti, puis revenu, à son tour elle est partie, puis revenue. Et plus qu'avant, ils se sont déchaînés dans l'ignoble, le mensonge, les coups bas, le vulgaire. Ils étaient doués pour ça aussi, à part égale. Aussi bon en amour qu'en vacherie. Jusqu'au bouquet final, un soir sur le port de la Madrague, il est parti, définitivement. En emportant des morceaux d'elle et en lui laissant des bouts de lui. Le mal est fait, le mâle défait.

Sam est tombé au plus profond du désarroi, pas à cause de la séparation. Il a fait un tour sur lui-même, contemplé le paysage dévasté, les quelques amis foutus le camp, les actes, la famille dispersée. Son Afrique perdue.

Il s'est renié pour cette souris et ça c'est le plus terrible. Parjuré ses convictions, trahi ses engagements. Et puis cette putain de solitude. Qu'il traîne au fond de lui depuis tout môme, virus inoculé, maladie forcée. Sans espoir de guérison, malade à vie. Cette putain de restriction qu'il fait passer pour de la discrétion ou de la timidité, mais ça se voit qu'il n'est pas timide. Lorsque tu ne t'aimes pas au point de te croire inapte socialement, au point d'inventer et de chercher ce qui peut t'en sortir. Par le bas, on n'en sort pas par le haut de la solitude, c'est un truc de pierre tombale. La roulette russe, le danger, le risque, c'était pour y échapper.

C'est terrible la solitude, le pire châtiment qu'on puisse imposer ou s'imposer. Ce n'est pas pour rien qu'on enferme les gens dans les cachots. Ça tue, rapidement. Certains pensent qu'ils choisissent ce mode de vie, lui croit qu'ils en prennent leur partie, qu'ils supportent leur peine, leur sentence.

On confond, pouvoir vivre seul, être bien seul avec l'imposition par la vie ou par les hommes de la solitude. Sauf pour quelques vrais solitaires mais ils sont rares.

Il n'a jamais été aussi seul qu'un soir de Noël, qu'au fond d'une difficulté, qu'en besoin de parler. On n'est jamais aussi seul que face à la douleur ou la mort, toutes ces choses qu'on affronte sans une main, une voix. Et la foule, les collègues de travail, les conjoints parfois, la présence n'y change rien. Sortir d'un cinéma, d'un bureau, d'une fête, marcher seul, rentrer seul, penser seul, en tête à tête avec soi. On est seul parce qu'on ne trouve pas son âme sœur, celle à qui confier, dire les mots, tenir une main, entendre par elle nos propres souffrances. Une âme qui partage les mêmes émotions, qui comprend et qu'on entend sans paroles, juste d'un regard qui te dit reste là, on se comprend.

Il a été plus seul qu'un SDF sous son carton la nuit, plus seul qu'un criminel en fuite, qu'un paria, parce qu'il a été élevé dans la punition de l'enfermement, qu'en grandissant c'est devenu un refuge que son cerveau a construit. Une prison de solitude qui l'a privé d'enfance et de vie, parce qu'il n'a pas su briser les barreaux et retourner vers ses semblables. Et quoi que la vie lui offre, reste toujours ce bout de pensée, cette suggestion de le vivre seul. Maladivement.

Sam n'a pas eu d'amis, il est trop demandeur, et il sait qu'il finira comme ça, handicapé d'amitié, piqué à la solitude aigüe comme d'autres à l'héroïne, y revenant toujours même sous le plus beau des ciels. Il a rencontré des gens avec lesquels il a cru à cette relation, déçu toujours parce qu'en tel manque qu'il est d'une exigence terrible. Comme un chat, acceptant les caresses, ronronnant par réflexe involontaire, fuyant au moindre bruit.

Ses héros imaginaires sont toujours ceux qui sortent en bande, qui ont des amis, vont voir des matchs ensemble, des soirées et des vacances, partageant joies et peines, des bouffes et des décès, qui savent se fâcher et se rabibocher en riant. Du cinéma quoi ! Pendant longtemps, et encore aujourd'hui, il a en film favori « Vincent, François, Paul et les autres » de Claude Sautet, et rêvé devant « Le Cœur des hommes » de Marc Esposito. Tous ces personnages qui partagent une vie. Où l'amitié dépasse parfois les bornes de la pudeur. Une utopie de solitaire.

Sa mère l'enfermait dans une salle de bain obscure quand il était môme. Pour pas qu'il sorte. Il a passé des journées en tête à tête avec un lavabo et un bidet. Peut-être pour ça qu'il aime tellement le cul. Va savoir où se niche la conscience. Sur le carrelage. Sans rien. Seul. Il a mis du temps à comprendre d'où venait cette putain de solitude. L'enfance apprend du mauvais traitement. Et le garde à jamais comme une ligne de conduite.

Et basta, Sam s'est flingué. De mal au cœur. Retour au risque, à l'ignoble. Il a raconté tout ça. Se bousiller, ce n'est pas obligatoirement se couper les veines. Aller chercher les pires situations pour laisser sa peau c'est une autre forme. Il a échappé à tout. Ce sont les autres qui ont morflé. Sam a toujours dit avoir de la chance. Quoique…

Christelle

A Saint-Cyr, je longe la plage jusqu'aux restaurants et au port. Chaque pas a une histoire, une image. Je ne suis plus triste, je suis même heureuse de cette histoire d'amour. Dès le début, je savais qu'elle serait éphémère. Je ne savais pas qu'elle serait si douloureuse. L'amour et la douleur, ça fonctionne bien ensemble. Il n'y a plus personne dans ma vie, il a emporté tout ce qui pouvait contenir quelqu'un d'autre. Il est comme ça, excessif en tout.
Mais tout le monde n'a pas la chance de vivre un tel truc, baiser à outrance, pleurer à se liquéfier les os, rire de bonheur, respirer aussi fort, crever d'amour, oui, c'est une chance. Je lui ai dit que je l'aimerai jusqu'à mon dernier souffle et que ma dernière pensée sera pour lui. Je sais qu'il ne m'a pas cru, c'est pourtant vrai. Je l'aime encore, comme on peut aimer un être disparu, un souvenir.
Il a disparu Sam, au propre comme au figuré. Effacé toute trace de notre vie.
Il avait l'habitude de disparaître et de ressurgir, épuisé, parfois bronzé en plein hiver, refusant de dire où il était, ou d'en dire si peu que c'était encore plus frustrant et ouvrait le champ de toutes les aventures féminines possibles. Je sais qu'il n'avait pas de mauvaises activités, je veux dire, Sam n'est pas un bandit. Mais je voulais tellement qu'il soit ce que je voulais qu'il soit. Comment

aurait-il pu ? J'ai mis du temps à comprendre sa nature. Je m'en veux maintenant de mes excès.

Il doit être capable de tuer, il est glacial lorsqu'il le veut, sans état d'âme, sans âme tout court. Lui qui se dit optimiste est en réalité d'un réalisme cru, sans concession. C'est pourtant un sentimental sauf lorsque la situation exige de ne pas l'être. Il est excessif en amour, exigeant, veut le retour de ce qu'il donne, ne le dit pas et donc se sent frustré de ses relations. C'est un solitaire, un homme qui paraît très bien en société mais s'entend surtout bien avec lui. Il a sans doute des difficultés à assumer sa différence, son originalité.

C'est un idéaliste, presque utopiste mais il s'arrête toujours à la limite de l'irréalité. Si vous l'entendiez défendre ses idées, il vous emporte, vous submerge, vous prend d'assaut. Il est extraverti

Tout nous sépare, nous n'avons rien en commun, sauf l'envie d'être ensemble. Et ça fait de l'amour un maelström d'émotions et de plaisirs.

Sam ce n'est pas un premier amour, c'est l'Amour. À notre première rencontre, je l'ai repoussé puis je suis revenue le chercher, il m'a ébloui, ensorcelé, un bel enchanteur comme le dira un peu plus tard une de ses fugitives maîtresses.

J'aurais pu l'engloutir tellement je le voulais, tout entier, non pas sexuellement comme vous l'imaginez, l'avaler en moi pour le garder, ne plus le partager, que personne d'autre ne le voit, que personne d'autre n'ait envie de lui, qu'il ne parle plus à d'autres femmes, à d'autres hommes, je les craignais aussi à cet instant.

Avec lui, j'étais en perpétuelle demande, en attente de ses mains sur moi, en besoin de le toucher. J'avais mal de son absence, je souffrais de ses silences.

Je l'ai dragué comme une folle, je lui ai envoyé des messages brûlants, « reçois une pluie de baisers », j'ai pris une voix torride pour lui parler, raconté ma vie, donné des détails comme on ne le fait pas avec un inconnu, proposé une rencontre. J'ai ronronné comme une chatte en lui parlant. Je le voulais.

Je l'ai eu comme on peut capturer l'image d'une étoile filante. Putain mais je l'aime !

Sam et moi, nous sommes aimés, peut-être qu'on s'aime encore, comme deux déraisonnables, deux perdus, deux éperdus, comme des êtres qui ont manqué, qui on eut faim, soif, qui trouvent enfin l'oasis et l'eau, la nourriture et la douceur.

Du feu d'artifice, nous étions le bouquet final, en tout, dans le sexe comme dans les disputes, extase et cruauté, au paroxysme du possible, deux apnéistes qui retrouvent la surface, aspirants l'air pour remplir nos poumons de l'odeur de l'autre, des naufragés qui aperçoivent la terre.

Nous avons bien cru y laisser la vie, nous en avons laissé une partie, c'est certain, plutôt mourir que vivre sans toi, je me jette aux chiens pour ton regard, tu es mon air, tout ce qui se dit lorsque l'amour est si fort qu'il devient déraison.

Nous avons eu raison, il fallait y goûter, y croire, essayer, à se brûler les chairs et le cœur, se blesser jusqu'au sang pour mériter ces heures.

Plage, 1 h

Lorsque Sam a mis un terme à ses séjours en Afrique de l'ouest, il a découvert un monde européen en grève, en conflit, en grogne, en violence et en publicité. Le monde de la fameuse polémique pour des évènements, des paroles ou des actes qui ne valent pas un entrefilet dans un vrai journal. Le mal du média compulsif, donne-nous aujourd'hui notre merde quotidienne, une info catastrophe par jour pour tenir en haleine un public friand de malheur, bien à l'aise lorsque ça pue. Toujours bien éloignée d'une réalité essentielle mais suffisamment débile pour que n'importe qui puisse dire n'importe quoi sans conséquence. Au jeu de celui qui dira la plus belle connerie sur un non-évènement. Alice au pays des conseils. Et les grèves. Jamais sans ton blocage ! Train, avion, camion, tout est bon dans le bouchon pour emmerder un maximum le pauvre gars qui part en vacances ou celui qui veut bêtement aller bosser. Au nom d'un intérêt collectif qui profite plutôt toujours aux intérêts particuliers. Ceux qui gueulent le plus le font avec les dents du fond qui baignent, ceux qu'on devrait entendre sont silencieux.

Et ces tronches de carême, toujours la gueule, stupéfiant de voir ces regards bas, ces bouches tordues, ces écouteurs qui bloquent l'accès au monde extérieur, ces empressements et bousculades pour arriver le premier dans un monde de fric où règne la misère morale et l'inculture crasse. Échanger sa vie contre une course viscérale à la consommation.

Un monde égoïste, sale, hypocrite.

Un monde dans lequel tu ne regardes pas un film grâce à ta télévision mais grâce aux petits pois Machin ou à la lessive Bidule, un mode où c'est Truc qui fait la météo et Chose les informations, où le temps de spots publicitaires dépassent le temps des émissions. Émissions qui t'informent de la pollution et du désastre climatique, et qui font même l'affront de te prendre pour un idiot en t'encourageant à moins consommer. Et tout le monde en redemande. On grogne la bouche pleine sans entendre l'immensité qui crève de faim.

Sam eu la chance de vivre longtemps dans des pays cultivant un certain flegme. Il se sent plus en affinité avec la lenteur africaine qu'avec la course du rat dans le métro parisien, Il a plus d'affection pour le gamin de 6 ans qui fait cinq ou six bornes à pied pour aller à l'école et autant au retour, qu'avec le minot blanc renouvelé de pied en cap à chaque rentrée, smartphone et sneakers, qui rechigne à aller en cours, plus de compréhension pour la petite corruption quotidienne qui est réinjectée immédiatement dans la vie africaine qu'avec les lobbies qui règnent à l'assemblée nationale.

Mais quelle tristesse cette vie aseptisée où les gamins de dix-huit ans te parlent de leur inquiétude pour la retraite, où les vacances sont organisées un an à l'avance, où l'agenda rythme la vie des famille et des amis, où le livret A prime sur ton présent. Quel ennui. Insipide, incolore et inodore.

Donc l'adaptation s'est faite aux forceps, fragile sur ses appuis, appuis sans support et sans envie. Décalé, atypique, trop franc, grande gueule, souffrant chroniquement d'incompatibilité avec l'autorité supérieure et l'injustice. Et beaucoup de mal avec l'acceptation de l'insipide et le laxisme de la banalité.

C'est sur cette équilibre de funambule que Sam a recommencé à vivre dans le Sud de la France.

Paola

C'est ma mère qui m'a parlé de Sam la première fois.

« Il y a un nouveau directeur dans le centre commercial, va le voir, je lui ai parlé de ta recherche de travail ».

Je m'appelle Paola, je posais pour des magazines et quelques marques lorsque j'ai rencontré Sam. Mes yeux bleus, ma blondeur faisaient fureur. C'est ça l'avantage des filles du Nord. Mais j'étais lassé de ces regards sur mon corps. Concupiscents, c'est le terme employé je crois. Comme il correspond bien, dans les deux premières syllabes, à ce qui intéressent les hommes. Et dire qu'ils parlaient de mon esprit...

Lorsque nous sommes rencontrés pour l'entretien d'embauche, je vous assure qu'il n'y a pas eu de regard vers mes seins. Ça swinguait avec Sam. Tu venais pour bosser, femme ou homme. Il était dur, cassant, fermé. Il m'a proposé un job dans les rayons. J'ai accepté. Avec des petits papillons dans l'estomac. Il passait de temps en temps dans mon rayon, jetait un coup d'œil, parfois une remarque, un conseil, rien d'autre. J'en venais à regretter les regards d'avant. C'était bien le premier gars qui ne me matait pas. Lorsque je quittais mon poste, à la fermeture, je le voyais dans son bureau avec sa secrétaire. Elle m'énervait celle-là.

De temps en temps, j'étais en poste à la station-service. Un après-midi, il a arrêté sa voiture devant la cabine, a jeté un coup d'œil aux chiffres et me regardant dans les yeux, « je rentre chez moi, vous voulez m'accompagner ? »

Nous avons commencé une longue histoire de plusieurs années. Sam était un autre homme dans le privé, généreux, attentionné, passionné. J'ai reçu avec lui mes premières roses, mes premiers bijoux de femme. J'avais été bafoué par les hommes, j'étais devenue une reine, importante, reconnue, respectée. Il adorait le sexe, moi aussi.

Sam passait des jours sans sortir de son magasin, il travaillait avec fureur, plus dur avec lui qu'avec les autres. Parfois la nuit, il se glissait doucement dans le lit, épuisé, pour quelques heures de repos. Au matin, nous faisions l'amour. Et puis, il repartait. Je sais qu'il cherchait une reconnaissance, prouver qu'il valait mieux que ce qu'ils avaient dit. Sam portait un poids dont j'ai pu, difficilement, lever une partie du voile. Sa générosité et paradoxalement sa dureté, il les devait à son enfance. Je n'en sais pas plus.

Je ne pouvais pas avoir d'enfant. Il semble que Sam se satisfaisait de notre relation et qu'il n'avait pas en projet de fonder une famille nombreuse. Moi, notre vie, son travail lui suffisaient. Notre histoire a supporté les nombreuses mutations de Sam, ses heures interminables de travail, quelques brouilles. Il était incapable de se disputer, jetait quelques froideurs aigres et quittait la place. Nos retrouvailles étaient une apothéose de passion. Je suis tombé enceinte. Sam était fou, de joie. L'enfant n'a pas vécu.

Nous nous sommes séparés quelques mois plus tard. D'un commun accord, sans cri. J'ai suivi sa vie, il m'appelait lorsqu'il partait en Afrique, s'inquiétant de ma santé. Nous nous sommes parlé longuement à un de ses retours de je ne sais plus quel pays. Il était très fatigué, désabusé. Nous avons envisagé de nous revoir.

Sam, pour quoi as-tu cédé ? Tu avais la vie chevillée au corps. C'est toi qui me disais toujours que lorsque tu coules, il faut donner un coup de talon pour refaire surface. Pour qui ton sol s'est dérobé ?

Véra

Entre Sam et moi, l'amour a grandi comme un enfant bien élevé. Avec force, générosité et respect.
Il habitait un village voisin. Ses activités de formateur et son cabinet d'hypnothérapie occupait toute sa vie. Toujours par monts et par vaux, d'un bout à l'autre de la France.
Moi, j'ai une vie bien organisée, aisée. Ma grande maison est vide mais je ne m'ennuie pas. J'ai beaucoup d'amis, un travail solide et prenant. Nous étions dans la même démarche, tenter, une bonne fois pour toute, de rencontrer l'âme sœur. Ou au moins, celle qui s'en approchait le plus.
Ce qui me qualifie le mieux, la gentillesse et la bienveillance. Sam disait que mon cœur est ciselé à la bonté. Je n'aime pas les conflits, la politique, les éclats. Il disait aussi que je suis jolie. Je sais qu'il a bon goût.
Notre première soirée, dans un bar à vin, a été un moment joyeux. Sam m'a raccompagné à ma voiture sans un geste déplacé. C'est moi qui l'ai embrassé, quelques soirs plus tard, avant de remonter en voiture. Je l'ai regardé dans mon rétroviseur, immobile sur le parking, scotché sur place. Je l'ai bien surpris ce grand séducteur, il ne s'attendait pas à ça mais je me doute qu'il l'espérait.

Tout était doux, fluide, facile. Nous sommes partis en Corse pendant une semaine. Nous habitions maintenant ensemble.

Il n'aimait pas cette phrase mais pour moi, il était la cerise sur le gâteau, le complément indispensable à ma vie. Et lorsque j'emploie cette expression, n'y voyez pas quelque chose de matériel, c'est une pépite dans mon existence, le sommet et le summum de mon histoire. De ces années passées ensemble, je retiens le bonheur de notre vie.

Il disait, j'ai trouvé mon port. Jeté l'ancre. Démonté les voiles, vidé les cales. Enfin, pas complétement...

Il s'est mis à faire de la cuisine, je lui ai tout appris, lui qui maîtrisait difficilement la haute voltige de la cuisson d'un œuf au plat. Tout était simple et joyeux. Il a rengainé ses démons, enterré ses séquelles. Avec une vraie famille dans le package. TOUT. Il s'est vu finir en douceur. Marcher tranquillement vers le final dans la ouate. Il pouvait vouloir quoi de plus ? Ensemble, nous avons visité Paris, Madrid, Rome. Les capitales de l'amour. Sam a arpenté avec avidité le Louvre, le Prado, le musée de la Reine Sofia. La Chapelle Sixtine. La Sainte Chapelle. Rassasié d'art. Ça lui manquait tellement. Nous avons marché sur Compostelle, Le Chemin. Une découverte. Il en est revenu avec la conviction d'écrire.

Véra et Sam, c'était le couple idéal. On nous appelait les amoureux et c'était vrai. Passionnément. Pour Sam, c'était un véritable bonheur de me préparer un repas, mettre la table et me voir rentrer du travail avec un sourire. Je souriais tout le temps. Avant de partir au travail et au retour. Des choses simples dans une vie simple et sereine.

Sam :

« Tu sens le savon, l'odeur des fleurs et des choses vraies. Je sais ne pas m'être trompé en m'attachant aussi fortement à toi. Tu es cette présence qui relie à la véritable existence. Une sorte de fée. Tout ce qu'un égaré comme moi pouvait rêver en port d'attache. Pour désarmer son navire et mettre un terme à sa croisade. Véra, tu es à la fois l'île au trésor et le trésor. Avec les planches de mon vieux rafiot, je construis une maison d'amour. Et des fleurs tout autour pour rendre les choses encore plus belles. Tu es une forteresse, une oasis tant espérée qui abreuve et sauve. Une source précieuse et rare ».

Il s'est battu pour préserver cet écrin mais ils restaient quelques vieux fusils qui ont tenté un assaut et fissuré l'armure du vieux pirate.

Sam est parti pour une mission importante à Toulon, il rentrait chaque fin de semaine. C'était une fête à chaque fois. Il me racontait cette formation, ses stagiaires, avec enthousiasme. Une femme, une stagiaire, l'appelait parfois. Cela me gênait cette intrusion dans nos journées mais je n'ai rien dit. Lui trouvait normal d'assister ses apprenants à tout moment. Il a conclu cette session avec un franc succès.

Et là, tout a basculé. Plus rien n'était pareil, de la distance, des silences, une tristesse sur son visage. Et cette femme qui l'appelait. Nous ne partagions plus rien. De toutes mes forces, j'ai tenté de le réconforter, de l'aider. Refusant de voir la réalité.
Sam a quitté la maison. Mais je voulais encore y croire. Son monde s'écroulait, le mien aussi. J'ai pris sur moi, déclaré la fin de notre union. Dans la douleur. Fini les amoureux, terminé l'amour. Le mensonge l'avait remplacé.

Ce qui s'est passé ensuite est malheureusement conforme à ce que j'avais compris, l'emprise de cette femme sur Sam, l'incompréhensible déraison de cet attachement aussi violent que profond, le refus de voir leur différence d'âge, son investissement qui dépassait l'amour, l'abnégation, le sacrifice de lui. Sam s'était donné une mission, l'aider, comme un père, un amant. Cette femme, en difficulté, il devait l'aimer plus que tout, au péril de sa propre existence, quoi qu'il en subisse. Comme à son habitude, il est allé au bout.

Plage, 1 h du matin

Sam est revenu s'allonger sur le sable après avoir titubé jusqu'aux rochers, s'accrochant encore à quelques illusions. L'eau salée a glacé son poignet, aucun picotement. Son téléphone est vide. La ville dort. Il ne sent plus mes mains.

Son film défile, scènes et personnages, souvenirs, des pourquoi et plus de comment, plus d'espoir. Elle ne reviendra pas. A quelques centaines de mètres de cette plage, elle souffre

Il compte ceux qui l'accompagneront, peu sans doute. Entend les phrases qui seront répétées. La fuite, la lâcheté, le courage, le renouveau... Et s'il n'a pas envie d'un renouveau, pas envie d'autre chose. Si cette ultime solution est celle qui lui permet de préserver ce qu'il chérit. On peut mourir d'amour, on meurt bien souvent de ça. Par désamour, absence d'amour, perte d'amour, chagrin d'amour, excès d'amour. C'est une belle raison pour mourir, beaucoup plus chouette que crever à la guerre ou de maladie. Ou par arrêt de l'arbitre de façon inattendue.

Il fait couler de nouveau cette vie, ça fuite doucement, pas assez pour le tuer, suffisamment pour lui faire tourner la tête un peu plus, pendant qu'il lâche de nouveau la bride à son esprit, le laisse de nouveau s'égarer dans cette histoire. Elle est belle cette histoire, au-dessus des apparences, ensorcelante. Qui peut en dire autant ?

"Tout ce qui ne te tue pas te rend plus fort".

Quelle connerie cette phrase !

Au début, ça rebondit un peu et puis les coups portent sur la chair déjà meurtrie et s'inscrivent dans la mémoire de la douleur. Chaque coup vient s'imprimer en souffrance, ça bousille, ça esquinte, ça flingue.

T'es pas plus fort, tu es rincé !

C'est ça, Sam est rincé, lessivé, essoré. A force de s'entendre dire qu'il se relève toujours, ces mots entendus mille fois, là, il a épuisé ses ressources, comme un arbre qui ne produit plus de sève. L'injection d'empathie qui manque, ce putain de téléphone qui est un désert d'amitié.

Auriane.

Elle voulait qu'ils se marient. Tu te rends compte ? Un jour elle lui a dit ça, on va se marier. Elle lui a dit ça dans un coin de porte, à la volée, avec son regard pétillant, un air taquin. Mais c'était vrai, sérieux. Ils ont fait des projets pour la cérémonie. Ils iront se marier à New-York. Pas de grande fête, on profite de l'argent pour nous. Il n'en est pas revenu. Sidéré. Il lui disait tout le temps, t'es sérieuse ? Elle riait avec les yeux brillant d'amour, mais oui, c'est sérieux. Il a fini par y croire. Ingéré le truc, s'est projeté dedans comme s'il entrait dans une vallée magique, bien cachée au fond d'un ravin inaccessible. Il a tout vécu, tout vu, tout ressenti. Putain, c'est son plus grand kif. Il n'a jamais voyagé comme ça. Dans le répertoire de son téléphone, à la place de son prénom, Auriane avait marqué Mon Mari. Lui, c'était le roi Arthur, mais avec le Graal. Il n'a pas bombé le torse, n'a pas fait le malin. Il a eu encore plus peur. De la perdre.

Sam a perdu cinq kilos. Laisse tomber les régimes. Pour mincir, offre-toi une belle rupture. Efficace. Ses mains tremblent, Ses jambes vacillent. Ne becte plus rien. S'alimente à la clope. Il va bosser par contrainte. Se concentre pour communiquer de l'énergie et sort exsangue de chaque session. Minable. Pathétique. Il est une ombre. Réponds par oui ou non. Élude. Oui, je vais bien. Les gens s'en balancent. Ils ont d'autres soucis. Bien plus important. Il ne parle plus. Dire quoi ? Il a des yeux de chien battu. Redresse son corps pour conserver un semblant de dignité. Tu parles, ce n'est pas compatible avec l'amour. Auriane l'a emporté avec elle sa dignité. Comme le reste. Il s'est regardé à poil dans la glace. En pied. Il a eu peur. Tourné la glace. Il n'est pas encore au fond mais ne va pas attendre. Sam en a vu des mecs dans son état. Il connait leur parcours. Pas envie. Peur d'oublier. Le temps dissout. Il ne veut pas lui laisser le temps. Mince victoire. Victoire. Dans la déchéance.

On ne peut donner que ce qu'on est. Parfois ce n'est pas grand-chose.

Essoré de douleur, plus un endroit où Auriane n'est pas, hanté par l'absence, assourdi de silence. Pour seul refuge le souvenir. Dérisoire et mortel. S'escargoter à l'intérieur. Pour respirer. Il erre sur le bord de l'abîme, sur le fil du rasoir. En bascule. L'emprise.

Auriane

Mon prénom signifie or, je suis une femme passionnée, déterminée et audacieuse. Parfois borderline et serpentine. Je suis belle, mon pouvoir d'attraction des hommes est important.

Dominatrice, un peu.
Exclusive, pas mal !
Égoïste, à minima.
Craquante, toujours !
Intelligente, pour sûr !
Engagée, ah oui !
Exceptionnelle, toujours !
C'est comme cela que me décrivait Sam.

Le chemin de la vie a manqué de bienveillance et de respect envers moi. La petite fille a été bousculée et parfois choquée par les comportements d'adultes. J'en garde une révolte et une profonde aversion de l'injustice. Les hommes ne m'ont pas souvent été de bons compagnons. J'ai beaucoup donné, peu reçu. J'en reste meurtrie dans mon corps et mon esprit.
Cette fichue maladie est venue aggraver ma situation, envenimer mes relations, compliquer ma vie professionnelle, briser mes ambitions. Elle me prend beaucoup de temps et d'énergie. C'est un combat

quotidien que je ne veux dévoiler, une lutte souterraine, solitaire.
J'habite à Toulon. Je connais cette ville comme mon sac à main. Ma famille, mes amis, mes ex, tous sont là.
Je ne possède pas de cafetière, chaque matin, je descends boire une noisette dans un tabac proche de mon appartement. Tout le monde me connaît. C'est vrai, je ne passe pas inaperçue.

Je ne l'avouerai jamais mais j'ai besoin de reconnaissance. Être belle n'est pas une finalité. J'ai rencontré plusieurs hommes. Je connais parfaitement leur fonctionnement. Malgré cela, je suis faible. J'ai le regret de ceux qui étaient vraiment sincères et le remord d'avoir cédé aux autres. Pour ces deux raisons, je porte des séquelles morales et physiques.

Je suis arrivée dans cette formation avec la conviction de réussir. Ce métier, je voulais le faire, aider les vivants, adoucir autant que faire se peut les malheurs de l'existence. Conjuguer mes valeurs de bienveillance et ma foi en la vie. Je voulais montrer que j'ai ma place dans ce monde, légitimer mon existence. Je le veux toujours.
Je sais que les emportements et mes combats choquent parfois, j'assume mes différences et leurs conséquences. C'est ma liberté d'être. Je ne suis pas qu'un corps de femme, je suis un esprit indépendant et résolu.

Le groupe était sympathique et disparate. L'ambiance joyeuse mais travailleuse. J'y ai pris mes marques, sans prétention. Nous étions sept filles et trois garçons. Et Sam.

À la fin de la première journée, totalement emballée, j'ai appelé une amie pour lui raconter.
« Auriane, ça fait une heure que tu me parles de ton formateur et pas de ta formation » me dit-elle soudain.

Plage, plus tard

Sam n'a jamais réussi à penser à lui, quoiqu'on en pense. Tout pour les autres. À l'abnégation. Jamais assez. Tout donné. Surtout son énergie. Investissement sans limite. Joué contre lui. Sans s'en rendre compte. Un jour, Il a consulté parce qu'il se croyait être égoïste. Le thérapeute ri encore. Tellement en attente, tellement en besoin d'amour, d'amitié, tellement besoin de rompre la solitude, tellement besoin de dire aux gens qu'il les aime. Ridicule.

Depuis une dizaine d'années, il est formateur pour adultes. La plupart des stagiaires arrivent là parce que quelque chose n'a pas fonctionné dans leur vie. Il les prend à bras le corps. Il les aime, les bichonne. Leur donne toutes les compétences professionnelles possibles. Les regonfle. Leur refile dynamisme et énergie. La sienne. Il en sauve parfois. Jamais payé en retour. C'est le jeu. Véra lui disait de lever le pied, d'en garder pour lui. Sam adorait le lundi, les retrouver, les écouter, gommer les difficultés du week-end, se réjouir de leur plaisir. Otage de leur réussite.

Tout ce qui a manqué à son enfance. On paye toujours le prix de l'enfance. À ses débuts dans la grande distribution, Sam a fait payer l'addition au personnel. Ses patrons l'envoyaient dans les bouclards pour « nettoyer ». Sans état d'âme. Il était une vraie salope. C'était facile, suffisait de se souvenir des traitements reçus. Et puis il a eu un déclic, merci Jeanne, fait un tour sur lui-même. Stop. Ce n'était pas sa nature. Assez de briser les autres pour se venger de ce qu'il avait subi. Il est devenu un patron « social », management participatif. Écoute, dialogue, solutions. Ça a marché ! Il n'a plus jamais lâché cette barre. Sam est comme tous les gens, on a tous nos souffrances, ça fait déjà assez mal. C'est comme ça qu'il en est arrivé à consacrer sa vie aux autres. Heureux mais lavé. La gentillesse.

Il ne supporte pas l'expression « trop bon, trop con ». On n'est jamais assez gentil. Ça rend lucide. Pas de préjugés. Ce sont les autres qui disent s'il faut être gentil ou tourner le dos. C'est leur job, pas le sien.

 Avec Auriane, il s'est accordé une pause. Il s'est imaginé. C'était drôle, nouveau, inattendu. Il était fier de sa condition. Il se regardait. Pour elle, pas pour les autres. Réduit le champ de son regard. Braqué sur Elle et lui. Peut-être à cause de ça qu'il n'a pas réussi à l'extirper de son mal. Pour lui, tout était facile, il n'a pas vu l'ampleur de ses souffrances. Et s'en veut à mort. Donc acte.

Auriane

Sam…Lorsque je l'ai vu, j'ai entendu des p'tits oiseaux gazouiller dans les branches. Il est pourtant beaucoup plus âgé que moi.

Son énergie, son enthousiasme, sont contagieux. Je ne voulais pas m'emballer mais.

Chaque jour, lorsqu'il me disait :
« Bonjour Auriane, comment allez-vous ce matin ? »
Je répondais :
« Bonjour Sam, très bien, merci et vous ». En le regardant droit dans les yeux.
Et chaque jour, je me mordais les lèvres pour ne pas ajouter :
« Si tu savais comment je me suis caressée en pensant à toi ».

Il s'assoie rarement pendant son cours, circule parmi nous. Quand il vient près de moi, j'ai envie de le toucher. Je regarde son cul. Réfrène l'envie de poser mes mains. Et lui ne voit pas mes regards. C'est frustrant, je suis tellement habituée à faire fondre les mecs. Je ne sais pas s'il est idiot, complétement blindé ou amoureux d'une autre. Pourtant il pue le sexe ce gars. Comme moi.
Au bout de quelques jours, j'ai demandé un entretien en particulier. C'est inscrit dans la formation la possibilité de

ces rencontres en individuel. En fouillant sur internet, j'avais vu que Sam écrivait des bouquins, j'ai prétexté un besoin de conseils pour un sujet que je désirais développer. C'était vrai d'ailleurs que j'avais un projet d'écriture. Il m'a donné un rendez-vous après les cours.
C'était très drôle. Dans la grande salle de cours, il a ouvert les deux portes en grand et s'est positionné loin de moi. En lui parlant, je me suis approché, il reculait. Nous nous sommes retrouvés proches, enfin. À ce moment, s'il m'avait pris dans ses bras, embrassé, il aurait pu m'avoir entièrement. Il a dit :
« J'ai un rendez-vous important, je vous avais prévenu n'avoir que peu de temps ».
Je suis revenu sur terre, rangé mes affaires. Il est reparti à son bureau et faisait de même. Je savais pourtant bien qu'il restait travailler tard le soir.

Je me fiche de vos jugements, je suis sincère. Ce que je pensais d'une relation entre lui et moi n'était pas un simple plan cul. Une idée très puissante naissait au fil des jours passés avec Sam.

Plage, dans la nuit

Sam claque des dents. La vie qui s'échappe ou le froid, il ne sait plus le penser. Les groseilles sont figées, elles ont déposé leur suc sur son avant-bras, c'est plutôt dégueulasse. Il pense à ceux qui vont le trouver. Peut-être lui piquer son portefeuille et son téléphone alors qu'il sera encore vivant. On a l'air bête lorsque les pompiers viennent te charger dans leur bahut et que les badauds parlent d'un désespéré qui s'est suicidé. Sam n'est pas désespéré, au contraire, c'est un choix. Mais il ne pourra pas empêcher ces gens-là de dire des âneries et ça le gêne. Il espère avoir assez dit ce qu'il voulait pour son corps et pas se retrouver avec un défilé de renifleurs, allongé dans une boîte à dominos.

Putain que l'absence est douloureuse. C'est égoïste, Il le sait, penser à sa propre douleur et pas à celle d'Auriane. Et pourtant si, il ne pense qu'à ça. À son inutilité, son impuissance à l'aider, ses souffrances, cet amour inutile, les espoirs qu'elle a échafaudés, sa vie. Ne vous ne gourez pas, il part à cause de lui, pas à cause d'elle. C'est ça qui l'a amené ici cette nuit. Il fait un froid de tombe. Déjà.

Faut en finir maintenant, tant pis pour les curieux.

Il y a un an que Sam vient bosser à Toulon. Il a été recruté pour un contrat de formation.

Sam a rencontré Auriane. Plutôt elle l'a rencontré.

Auriane est beaucoup plus jeune que Sam. C'est une très belle femme, attirante, une bouche pulpeuse et un sourire ravageur. Vive, spontanée, intelligente, c'est une battante, une femme qui sait ce qu'elle veut.

Auriane faisait partie du groupe de stagiaires. Lorsqu'elle est entrée dans la salle, Sam a pensé « Waouuu qu'elle est belle ! ». Il n'osait pas la regarder. Elle cherchait son regard. Il pensait à Véra. Trouver une femme jolie, ce n'est pas tromper, tomber amoureux si.

Rapidement Sam est interpellé par les réparties d'Auriane. Ses propos lui rappellent ses propres combats.

Tout au long de cette session de formation, trois mois, les autres stagiaires avaient compris ce qui se jouaient entre la belle Auriane et le formateur. Les insinuations fusaient, les propos ouverts, les regards et les rires, les phrases étaient explicites. Tout le monde avait compris. Auriane voulait Sam. Auriane ne se cachait pas, Sam fuyait. Et il faisait semblant de ne pas comprendre. Le soir, il travaillait tard, pour une autre mission. Il restait dans cette salle, s'asseyant à la place qu'elle avait occupé dans la journée. L'esprit préoccupé par des pensées qu'il refoulait. Il pensait sans cesse à Véra, à leur cocon d'amour, aux retrouvailles chaque fin de semaine, à ce bonheur jusqu'à elle inconnu, à sa gentillesse, à son amour pour lui. Hanté par Auriane.

De temps en temps, pendant les week-end, Auriane téléphonait à Sam. Pour une raison ou une autre. Il ne voulait rien y voir d'autre que le besoin d'une apprenante d'avoir des renseignements sur le travail. Elle l'appela un jour de l'endroit où il habitait. Auriane était venue jusqu'à sa porte.

Sam voyait venir la fin de la session avec horreur, il ne verrait plus Auriane. Deux jour avant l'examen, elle ne réussissait pas à boucler son rapport de stage. Il y a travaillé toute la soirée pour alléger ce qu'il avait compris en elle, les premiers signes de ses difficultés, ses souffrances.

Après l'examen, tout le groupe est allé boire un verre, Sam est venu aussi. Ce n'étaient plus des insinuations, un stagiaire a dit clairement les choses entre Auriane et Sam, sans qu'elle le contrarie. Il s'est levé, prétextant une urgence et il est reparti. Sam avait résisté trois mois, il n'en pouvait plus de tristesse et de culpabilité.

Dans l'après-midi, il s'est barré, honteux, malheureux, frustré, coupable. Le cœur mort. Elle était tellement belle, il se retrouvait tant dans ses manières d'être et de penser. Il n'allait plus la revoir. Elle ferait sa vie avec un jeune et beau sale con. Au revoir prof, à jamais. Une heure plus tard, il y avait un message sur le portable de Sam, il faut qu'on se revoie.

Alors, il a cédé, craqué. On finit toujours par flancher. Elle avait franchi le pas. Lui s'était barré. Trop respectueux, trop lucide. Il a plongé. Pas un petit plongeon délicat, j'me mouille la nuque d'abord. Il a sauté tout habillé, pour descendre jusqu'au fond d'elle.

Cette satané formation, il l'avait prise trop à cœur. Avant de s'apercevoir qu'elle lui ramenait des images terribles de sa vie d'avant. Le contact des cadavres, ça fait penser aux morts. Sa mère est morte durant la formation. Il n'est pas allé à l'enterrement. Un vieux contentieux entre elle et lui. Déstabilisé. Prenable. Il s'est laissé faire parce que c'était doux. Ça faisait du bien.

Elle lui avait demandé un rendez-vous quelques jours après le début de la formation. Il avait peur. Reculait lorsqu'elle faisait un geste vers lui. Il rêvait de l'embrasser. Elle le savait. Il a tenu bon, écourté l'entretien, s'est sauvé. Les yeux d'Auriane brillaient.

Le jour de leur premier rendez-vous, il était certain qu'elle ne viendrait pas. Elle lui faisait une blague. Elle est arrivée à l'heure, c'est la seule fois de leur histoire où elle n'était pas en retard. Sur la plage, il était agenouillé, elle s'est penchée vers lui. Un baiser. Putain ! Il a explosé en plein vol ! Il venait de mourir. Ou de renaître. Et il savait intimement que ça n'allait pas être facile.

Il est déjà tombé amoureux dans ma vie. Tu parles. Elle est nulle d'ailleurs cette expression. Tomber. Tu ne tombes pas, tu éclates, tu grimpes à douze mille mètres, tu redescends plus. Pas tomber. Surtout pas. Là, Sam n'était pas amoureux. Il venait de changer de planète.

Quinze jours plus tard, elle lui a dit :

« Toi je vais t'épouser, j'ai réfléchi depuis trois mois, c'est toi ».

Il a rencontré sa vie. Ses enfants. Il voulait tout. Toute sa vie y est passée, il a tout déconstruit. Tout rebâti autour d'elle. Il rêvait d'une alliance. Un lien. Une annonce au monde : j'aime et je me suis donné. J'aime !

Un soir de l'an, elle lui a envoyé un message, souhaitons-nous ce qu'on mérite. Ils se méritaient, tu sais. Ils étaient tellement en accord. Ils avaient tous les deux fait le parcours pour arriver à nous. Leur parcours du combattant. Et en touchant le poteau, elle a lâché la corde.

Il y a des gâchis que la vie ne pardonne pas.

Faut pas se suicider dehors en février, il fait trop froid. Sam marche jusqu'à sa bagnole. Le grand parking est vide. Les rendez-vous discrets ont fini de baiser. Ils sont rentrés chez leurs légitimes. Leurs tourner le dos dans le plumard sans vie. Le monde est fait de deux catégories, ceux qui baisent et ceux qui espèrent.

Elle s'est retirée, sans un mot, comme une marée basse. Il est resté sur le sable, les poumons cherchant l'air. Les difficultés d'Auriane étaient trop envahissantes pour laisser de la place à l'amour. Il croyait que ça solutionnait tout l'amour. Il croyait que ça bousculait la vie. Aplanissait les Everest. Naïf, Il a toujours été naïf. Elle non. Il est resté sur le sable avec cet amour. L'emprise. Impossible de se résoudre à son départ. Il ne voulait pas éteindre les étoiles. Son étoile. Elle brille, là, bien présente, vivante.

Elle n'est pas partie. Elle est plus là. À la place, le vide, le froid, la faim, la soif, le silence. Le silence. Qui hurle dans la tête. Dans le cœur. Ravage.

Elle souffrait trop. Plus de place pour autre chose. Plus de place pour Sam.

Ils se sont rencontrés à travers leurs blessures, elles continuaient à saigner. Nous ne sommes pas des pansements.

Sam n'est pas en dépression. Il a choisi de finir là. S'enfoncer dans l'épaisseur d'une eau. Couler. Les yeux ouverts. Il regarde les paliers défiler. Sombre. Lucide.

Désespéré de manque. Mais lucide. Plus envie de poursuivre même si la route a été belle. Il veut partir rempli de son odeur, de sa peau, de ses yeux. Pas laisser au temps la possibilité d'effacer un pore. Fermer les mirettes sur son sourire.

Partir dans ses yeux.

Auriane

Dans le groupe, tous avaient compris mes intentions. Je ne m'en cachais pas. Combien de fois il y a eu des insinuations, des paroles à voix hautes sur mes sentiments pendant les cours. Sam ne réagissait pas. Comme étranger à la situation. Un bloc hermétique.

Un midi, je savais qu'il allait manger au petit restaurant à côté du centre de formation. Je m'y suis précipité, espérant un tête à tête pendant lequel j'aurai pris le courage de lui exprimer mon amour pour lui. Malheureusement, une autre stagiaire est venue s'installer à ma table. Sam est venu manger avec nous, avec son incroyable réserve et je n'ai rien pu lui révéler de mes sentiments. J'avais envie de le violer !

Camille et moi en avons parlé. Elle s'étonnait et m'interrogeait sur la réalité de mes sentiments, notre différence d'âge, sa situation. Une mise en garde, ne le brise pas. Je voulais le contraire.

Chloé m'énervait somptueusement ! Belle, élancée, Sam selon son habitude lui a plusieurs fois décerné le titre mérité de plus belle fille. Chloé savait mon attirance pour lui et se délectait de ce petit discours matinal qui me rendait furieuse lorsque je n'obtenais pas le titre.

Et toujours Sam venait se planter devant moi pendant ses cours magistraux, sans m'accorder un regard.

Je me suis aperçu qu'il baissait les yeux. Un jour, nos regards se sont croisés, plus longtemps que d'habitude. Dans les siens, il n'y avait rien de professionnel. Il a marqué un silence, a fondu dans mes yeux et a repris son exposé.
Nous étions donc dans les mêmes pensées.

Pendant mon stage en entreprise, Sam devait passer pour le suivi. La veille, je lui ai envoyé un message :
« Retrouvons-nous à huit heures au tabac pour un café ».
Il est allé dans un autre bar. Je l'ai attendu puis vu sa voiture garée devant une boulangerie. Nous avons bu un café ensemble mais je ne savais pas s'il avait fait exprès et si mes confidences allaient être bien reçues. Je n'ai rien dit.

Sam a fait mon rapport de stage. En fin de formation, j'étais épuisé par cette maladie. Incapable de rédiger un écrit cohérent.
« Je vais le faire ce soir, je vous l'envoie par mail ».

Le jour de l'examen, je me suis levé à quatre heures. Lorsque Sam s'est garé, j'étais déjà là. Dans une petite robe noire. Il m'a rassuré.

Sable humide, nuit glaciale

Il croyait tout savoir sur la souffrance. Parce qu'il a largement eu sa part. Physique et morale. Gavé d'expériences, d'épreuves, de mort, d'ignoble. Ça l'a rendu assez philosophe. Tout se termine même le pire. Lorsqu'Auriane a commencé à aligner ses difficultés, Sam avait des solutions. Pauvre idiot. Ce qui fonctionne pour les uns n'est pas pour les autres. Il a voulu l'enlever à cette ville, son entourage, la sauver des griffes des salopards qui l'encerclaient. La prendre en charge. L'accompagner. Tout prendre, femme et enfants. Il a loué une maison pour elle, loin de Toulon.

On ne refait pas la vie des autres sans qu'ils soient volontaires pour le faire eux-mêmes. Elle avait peur de s'éloigner. Et plus les jours passaient plus Sam s'enfonçait dans le cœur d'Auriane. Ils se parlaient de longues heures chaque jour. Elle lui envoyait des messages vocaux, des vidéos, des messages lorsqu'il n'était pas à Toulon.

Il est revenu pour une nouvelle mission à Toulon.

Tous les lundis, Il descendait travailler dans le Var, de locations d'appartements en chambres d'hôtels.

Le premier matin de sa nouvelle mission, Auriane lui a expédié un dernier message qui disait :

« Pardonne-moi ». Brutal.

Il s'est écroulé. Littéralement. Par terre. Inconscient. Des gens l'ont relevé. Vous voulez qu'on appelle les pompiers. Non, ça va aller. Il a titubé, appuyé aux capots des bagnoles. Un coup de poignard. Incapable de comprendre. Voulu se raisonner. Mais pas possible. Le mariage, les gosses, elle surtout. Le vide s'est ouvert. Béant. Un gouffre. Un abîme. Il est tombé. Tombe encore. Il a mis un moment à comprendre qu'il était sous emprise. Volontairement, fermement.

Elle l'a quitté sans désamour. Parce qu'elle ne parvenait pas à vivre alors tu penses vivre à deux.

Un midi, elle lui a donné rendez-vous au Mourillon. Elle n'était plus que l'ombre d'elle-même, hagarde, fragile, tremblante. Sam lui a supplié un regard. Ils ont bu quelques cafés. Il lui a acheté des cigarettes. Son anxiété était palpable. Elle l'a quitté avec un « À très vite » qui l'a propulsé dans les hautes sphères de l'espoir.

Puis plus rien.

Il s'est dit qu'il allait passer par les phases du deuil. Déni, colère, marchandage, dépression, acceptation. Il est resté bloqué à déni. Trop d'amour. Pas de place pour la colère. De la place pour rien d'autre que son sourire. Ses yeux.

C'est laid un homme qui a mal. Ridicule. Con. Quand Sam avait son cabinet, il en a reçu des comme ça. De tout âge. Il les aidait. Ils croulaient sous leurs souvenirs. Pleuraient. Le suppliaient. Il les conseillait, les accompagnait. Il ne savait pas, pas encore. Lui aussi devrait voir un thérapeute. Pas envie. C'est leur histoire.

Depuis le début, depuis le premier jour, il lui disait : « Notre histoire t'appartient. Tu en feras ce que tu veux ». Il avait déjà peur. Mais même s'il avait imaginé ça, il y serait allé. Il se croyait blindé. Il est devenu laid, ridicule, con. Il pense à ceux qui diront « Bien fait, on meurt par où on a péché ». Il s'en fiche. Chacun est libre de penser sa vie.

Sam passe des heures sur son téléphone. Toutes ses journées, chaque minute. Il attend. Un message. Un appel. Un signe. Il l'a supplié « Dis-moi que tu m'aimes plus. Achève-moi ». Elle ne l'a jamais dit.

Il descend deux paquets de clopes par jour. On ne fait pas de radios des poumons aux suicidés. Heureusement. Et puis il se reprend.

« C'est elle qui souffre, alors cherche d'autres moyens de l'aider. Pas pour qu'elle revienne. Pour qu'elle vive mieux.

Avec ou sans moi. Je veux qu'elle soit libre et épanouie. Qu'elle dise merde à son entourage de putois. Qu'elle n'ait besoin de personne. Je n'ai que ça en tête. Je ne trouve rien. Je suis nul. Me hais. L'aime ».

Ça lui vrille le crâne. Détruit à grands feux sa conscience. Il brûle. Plus elle a mal, plus il souffre. Il paraît que lorsque deux être s'aiment véritablement, la connexion mentale se crée. Il y croit.

Sam picole. Lorsqu'il rentre chez lui, le week-end. Il se saoule. Plus penser. Boire et fumer. Abdiquer. S'endort sur une chaise. Se réveille en sursaut. En sueur. Il la croit dans la maison. L'appelle. Il déraisonne. Part en couilles complètement.

Il espère que quelqu'un l'appelle, vienne le voir, brise ce carcan de solitude. Lui parle. D'elle si possible. Mais lui parle. « Comment vas-tu ? ». Rien. Le néant absolu. « Ou êtes-vous ? je crève ».

Il n'écoute plus de musique, vis dans le silence. Monacal. Dans son silence. Dans l'attente. Il laisse la maison ouverte. Nuit et jour. Il est parti une semaine sans rien fermer. Si elle voulait venir.

Sur son écran, la nuit, passent en boucle les photos et les vidéos d'Auriane. Il ne vit pas une seconde sans elle. Sa voix, ses yeux. Il se réveille de ses comas avec son visage. Stone.

Et elle souffre.

L'autre jour, il est entré dans une église. Au Revest. Lui, le pire païen que la terre porte, il a prié. Pour elle. Il avait honte mais il l'a fait. Se damner pour qu'elle n'ait plus mal. Se parjurer pour elle. Lorsque Sam est sorti, encore sur les marches de la chapelle, Auriane l'a appelé. Ça fait drôle. Comme un doute. Elle voulait le voir. Miracle, non ? Mais non. Elle n'est pas venue. Il est descendu encore plus bas. C'était le bout.

Ce n'était pas du sexe. Le désir d'aider, d'aimer. Le besoin d'utilité. L'aider putain ! Tu comprends ça ? Rendre ce qu'on ne lui avait pas donné. Donner ce qu'il n'avait pas eût. Une main tendue, sans demande en retour. Pas de cul en échange. Sauver son intégrité, sa dignité. L'aider à se lever.

Un jour, sur un trottoir où Sam faisait la manche, quand il était gamin, un homme l'a questionné. « Que fais-tu là ? Où vas-tu ? ». Il est entré dans un tabac. Lui a filé une cartouche de clops et cent balles. Sans lui demander une pipe en retour. Juste pour l'aider à se redresser, à plus tendre la main. Il n'a jamais oublié ce gars. Espère qu'il a été payé de sa générosité.

Comment fait-on lorsque sait que c'est la fin du voyage ? Lorsque la vie devient impossible. Quand le vin n'a plus de goût. On relativise ? Pas envie.

Elle souffre. Il ne sert à rien.

Elle et lui étaient des jumeaux. Même refus de l'injustice, mêmes combats. Mêmes idéaux. Même parcours.

Ce lundi, Sam est revenu à Toulon, pour travailler. Hagard. Sur son serveur musical, en boucle la chanson d'Aznavour. Mourir d'aimer. Les parois de ma vie sont lisses. Il s'est conditionné. Vaincu la peur d'avoir mal. Il avait déjà trop mal. Il a tenu jusqu'à ce soir.

Ils étaient venus sur cette plage. En se garant, il cherchait la voiture d'Auriane. Ultime espoir. Il a remonté toute la plage, regardé les terrasses, le jardin d'enfants. A la fin, il a cherché un endroit. Toujours pas de colère. De la résignation. L'évidence.

Camille

Cette formation j'y croyais. Je savais qu'il allait falloir que je travaille dur mais je voulais réussir. Le groupe était sympa, dynamique. Sam ne lâchait rien, il nous obligeait à étudier, trouvait des moyens, inventait des méthodes pour nous maintenir dans cette énergie. Encouragements et félicitations. Parfois, il changeait toute l'organisation de la salle pour remettre nos cerveaux en éveil. Il nous a soutenu jusqu'au bout, collectivement et individuellement. Le matin de l'examen il était là. Même après, lorsque j'ai été recruté dans une entreprise, il veillait encore.

J'ai rencontré Auriane à ce moment-là. Elle semblait extravertie et joyeuse. Comme les autres, je me suis rendu compte de son attirance pour Sam. Rapidement, elle ne l'a plus caché. Un jour, je lui ai dit :

« Auriane, tu es sûre de toi ? Sam est en couple, il a l'air bien dans sa vie. Vous avez une différence d'âge. Tu es sûre de toi ? »

« Oui, je suis certaine de ce que je veux. Je veux Sam ».

Lorsque nous avons été embauchées dans la même société, elle ne jurait que par Sam. Ils étaient ensemble depuis quelques semaines. Auriane ne parlait que de Sam, comme lorsque nous étions encore en cours. Elle était follement amoureuse. Un midi, il est venu la chercher pour déjeuner. Il avait fait deux cents kilomètres pour la voir trente minutes. A son retour Auriane rayonnait « Je vais l'épouser ! ». Il n'y avait rien à répondre, Auriane voulait, Auriane prenait.

Je savais qu'elle souffrait de troubles et de difficultés dont elle s'était ouverte déjà, dans nos conversations. Mais elle croyait éperdument à leur histoire.

Sam et moi sommes restés en relation. Un midi, il m'a avoué le départ d'Auriane, il était anéanti. Je le sentais au plus mal. Il travaillait dans un milieu compliqué, ce qui n'arrangeait pas son état. Sam n'était plus Sam. Comme vidé de sa substance et de son énergie. Vide, absent. Mais il trouvait le courage de se moquer de lui. Je crois qu'il avait déjà pris sa décision. J'aurais dû comprendre ses mots.

Chloé

Je garde un excellent souvenir de cette formation. Le groupe fonctionnait bien. Sam réussissait à gommer les différences et prévenir les tensions entre nous. Nous riions beaucoup mais nous travaillions aussi autant.

Il y avait pourtant une petite compétition entre les filles. À cause de Sam. Tous les matins, l'air de rien, il bombardait l'une d'entre nous « La plus belle fille du monde ». Si Sam choisissait une autre qu'Auriane, elle fusillait du regard la lauréate. Surtout si c'était moi. Je n'ai jamais eu le moindre intérêt pour lui autre que le fait qu'il était sympa. Mais pour Auriane, dont je connaissais les projets, c'était un affront.

Le matin, lorsqu'elle arrivait en cours, elle ne regardait que Sam, lui décochant un sourire et un regard dont je ne sais comment il faisait pour rester impassible. Il n'a jamais eu aucune réaction aux insinuations et même aux propos très explicites qui fusaient au sujet des sentiments d'Auriane pour lui.

J'ai revu Sam, un soir, lorsque tout le groupe s'était réuni dans une brasserie. Auriane n'était pas venue. Sam a dit leur séparation. Il n'a pas caché sa tristesse. Son désarroi était palpable lorsqu'il en a parlé. Puis, il est redevenu Sam avec son énergie et sa belle humeur. Il nous a parlé de ses projets. Il avait l'intention de créer une entreprise, nous proposait l'éventualité d'y participer. Cette entreprise était pour Auriane. Pour moi, c'était impossible, je ne pouvais pas collaborer avec elle, nous avions trop de différence de manière d'être. Je suis certaine qu'elle travaille bien, mais elle me rappelle ma mère. Je n'ai rien dit. Nous avons passé tous ensemble une superbe soirée, les vigiles nous ont mis dehors à une heure du matin. Prévu de recommencer rapidement. Je n'ai plus revu Sam.

Julien

Je n'ai pas grand-chose à faire dans cette histoire.

Pour cette formation, j'avais pas mal de réserves. Un peu asocial, je me méfie des gens. Et me mêler à un groupe était une épreuve redoutée. Pourtant avec Sam, ça a collé tout de suite.

On s'envoyait des vannes, parfois un peu lourdes et ça rebondissait comme une partie de ping-pong.

Un matin, il était habillé avec une chemise noire. Rien d'autre n'avait changé dans son apparence ni son comportement. Ce jour-là, j'ai sorti une grosse vanne, il m'a immédiatement remis en place, sèchement, comme il savait aussi le faire. Pas un mot plus haut que l'autre, juste un arrêt. Il a donné son cours sans état d'âme mais sans répondre aux habituelles interventions humoristiques qui fusaient toute la journée.

Le jour de l'examen tout a été très vite. À midi c'était terminé, tout le groupe avait passé les épreuves. Nous sommes allés prendre un verre ensemble. Plusieurs ont appelé Sam pour qu'il nous rejoigne.

Auriane, je la connais bien, nous avons été dans la même entreprise pendant notre stage. Ce n'est pas vraiment le grand amour entre nous, clairement on ne s'aime pas. Pourtant, elle était assise à côté de moi sur la terrasse de la brasserie. Sam est arrivé. Nous savions qu'il connaissait les résultats, il nous a un peu chambré mais n'a donné aucune information. Il s'est assis face à moi. Lorsque je lui ai demandé ce qu'il allait faire, il a plaisanté en disant qu'il partait les mains vides, sans souvenir.

« Vous pouvez emporter celui qui est à ma gauche, elle n'attend que ça ».

Il s'est immobilisé un instant, un long regard vers Auriane qui le fixait, il s'est levé, a réglé les consommations du groupe et a prétexté devoir retourner à son bureau avant de partir.

Je voulais le lui dire, ce que tout le monde savait et qu'il semblait ne pas avoir compris. Même si je n'aimais pas Auriane, il était important pour moi de le dire. Je suis certain qu'il luttait, son départ rapide m'en donné la preuve.

Lorsque le groupe a regagné le centre de formation, Sam était prêt à partir, il avait des yeux tristes mais souriait comme d'habitude avec un mot d'encouragement et d'amitié à chacun d'entre nous. Je n'ai jamais revu Sam. Nous nous sommes parlés au téléphone deux ou trois fois. Pendant ma recherche de poste, nous parlions des offres, des localités. Il était toujours présent et bienveillant. Il tutoyait maintenant tous les anciens stagiaires mais il leur accordait toujours la même attention.

J'ai appris par les membres du groupe qui le côtoyaient sa rupture avec Auriane. Cela m'a semblé difficile à croire, Sam m'avait parlé de son attachement pour elle et un jour avait même calmé mes ardeurs verbales alors que je me laissais un peu trop aller sur le caractère de celle-ci.

Je lui ai dit au téléphone :

« Viens boire une bière ou deux avec moi, Sam, ça te fera du bien et te changera les idées ».

Il a répondu en riant qu'il était toujours partant pour l'apéro.

« Merci, Julien, je t'appelle et je viens te voir ».

Il n'est pas venu.

Auriane

Nous avons tous réussi l'examen. Pour nous les stagiaires et pour toi, Sam, c'était une belle victoire. Amère. Fini, plus de Sam et je ne t'avais rien dit. J'avais rédigé plusieurs messages mais jamais envoyé.
Lorsque nous avons fêté nos diplômes, Julien a sorti la plus grosse de toutes les vérités sur toi et moi. Tu m'as regardé, t'est levé. Tu as réglé les consommations du groupe et quitté la brasserie.

Quand tu m'as dit au revoir, ta main s'est posée dans mes cheveux, juste au-dessus de la nuque.
Camille m'a dit :
« Il ne m'a pas fait la bise comme à toi. C'est maintenant ou jamais Auriane, si tu ne lui dis rien maintenant, tu ne le reverras plus ».
Sam, tu es est parti. Je t'ai envoyé un message :
« Il faut qu'on se revoie, tu sais pourquoi ».

Nous nous sommes retrouvés à Saint-Cyr, quelques jours plus tard. Tu voulais filmer les vagues. Tu m'as ensuite demandé d'avancer sur la plage, pendant que tu tournais une vidéo. Lorsque je suis arrivée près de toi, j'ai posé mes lèvres sur les tiennes.
Pendant trois mois de la formation, j'avais réfléchi. Toi ou rien. J'ai tout passé en revue, l'âge, la situation, ma

maladie. C'était analysé, réfléchi, décidé. Je te voulais Sam, pour moi.

J'ai bouleversé ta vie, consciemment, je me suis engagé lucidement, j'ai provoqué des actes volontairement, je me suis impliqué légitimement. J'étais folle amoureuse de toi.

Bizarrement, pour nous deux qui aimions tant le sexe, ça n'a pas été ce que nous pensions. Bien sûr, nous faisons l'amour. Avec toi, c'était tendre, doux et fort. Différent. Nous nous étions jetés l'un sur l'autre, goulument. Semblables aussi dans nos désirs. Tu m'as déshabillé avec douceur, je t'ai dévoré avec ardeur. Tu me l'as bien rendu. C'était bien plus fort que ça, une fusion parfaite de nos idées, de nos valeurs.

Sam, tu as compris très précisément qui je suis, mes doutes, mes faiblesses, mes échecs et mes victoires. Tu me valorisais, m'encourageais. Je n'avais jamais eu près de moi quelqu'un qui cerne autant mon esprit. Cela m'énervait parfois mais tu comprenais tout. Tu ne demandais rien pour toi.

« Auriane, j'ai été heureux de faire ton rapport de stage. Heureux de te voir réussir ton examen, si belle dans ta petite robe noire.
Tu m'as épaté par ton esprit, subjugué par ton charme.
Je suis épanoui lorsque je tiens ta main.
Je t'ai confié ma vie, dans ses moindres secrets, donné ma confiance et dédié mon avenir.

Je connais ton passé, tes amants. Les séquelles des agressions et de ton enfance. Ton attachement mortel à cette ville. Les meurtrissures de la perte de ton ami. Je devine les raisons de son départ.

Je sais notre avenir en équilibre, je me sais en danger de te perdre. J'ai vu tes colères.

Je sais tes tentatives, tes efforts, tes combats pour t'extraire. Je sais tes échecs. J'imagine sans difficulté leur douleur.

Rien n'y fait, je crois en toi.

Je sais qui tu es malgré tes mystères. Je sais ton histoire, je sais tes décisions hâtives. J'en suis l'objet. Je sais ton refus, ta peur de l'autre, ta peur de l'engagement. Ta méfiance.

Je sais tes fuites.

Je sais ta frustration, ton ressentiment, tes rancœurs et ta colère en ébullition.

Je sais tes peurs, ta névrose et ton mal. Je sais tes pudeurs et la préservation de ta dignité.

Rien n'y fait, je persiste dans cet amour immense qui n'a jamais douté.

Tu peux dire que je sais toujours tout, je ne sais rien d'autre que la force de l'amour et le don de soi.

J'ai toujours cru en toi, depuis le premier jour. Je ne suis pas aveugle, l'amour c'est aimer lucidement, je te connais. Je t'aime pour tout ce que tu es ».

Sam

Un midi, je t'ai dit :
« Sam, je veux qu'on se marie ».

Je riais de joie. Tu ne me croyais pas.
« On va partir à New-York, toi et moi, nous marier en Amérique ! Je veux que nous nous fassions tatouer, des dessins complémentaires, indissociables ».
Tu as répondu :
« Je veux écrire Auriane sur ma peau ».

J'ai dû quitté mon poste. La maladie. Comme si elle me prévenait que je n'étais pas à ma place. Nous en avons parlé.
« Je ne suis pas à l'aise avec la contrainte de l'autorité. Tu sais, je dois faire des choses qui ne me semble adaptées ni aux besoins des gens que je reçois ni à l'idée que je me fais de ce métier ».
Tu pensais comme moi, je le sais.
« Auriane, prends le temps de te soigner, repose-toi. Ensuite tu passeras ta certification de dirigeante et nous monterons une entreprise pour toi. Je participerai mais tu prendras toutes les décisions et orientations, je t'aiderai autant que tu le désireras ».
Tu voyais grand, plusieurs agences, moi en égérie. Toute la stratégie, tu l'as développée sur ma personnalité. Tu voulais mon nom pour enseigne, mon profil dans chaque représentation professionnelle. Auriane, uniquement Auriane.

À mes amies, celles avec qui j'ai grandi, celles qui ont une vie bien rangée, celles qui se sont éloignées de Toulon, j'ai

eu envie de raconter mon nouveau bonheur, mon amour. Et les projets qui enfin devenaient réalité. J'avais retenu les eaux pendant un moment mais maintenant, je pouvais ouvrir les vannes. Il fallait que je te fasse vraiment confiance Sam, pour te dévoiler au grand jour dans cette nouvelle vie. Certaines étaient inquiètes et sceptiques de notre différence d'âge, effrayées mêmes mais toutes étaient ravies de mon bonheur. J'ai fait taire ce qui me semblait indigne de toi, je n'ai jamais permis qu'on te critique. Je sais que tu faisais la même chose de ton côté, que tu interdisais la moindre parole malveillante envers moi. J'étais loyale, sincère, engagée. Amoureuse.
Puisque tu m'avais si bien cernée, je pouvais te dévoiler ma vie et je t'ai confié des secrets sur moi. Tu as fait de même. Et plus nous parlions, plus nos vies se ressemblaient. Bien sûr, nos histoires sont différentes mais les actes sont identiques, les conséquences et nos révoltes similaires. Lorsque je t'écoutais, durant la formation, j'avais l'impression que c'est moi qui parlais. Combien de fois ai-je voulu t'interrompre pour te dire :
« Mais c'est mon idée, ça ! ».

Alors, nous avons travaillé à la création de notre propre entreprise. Défendre nos valeurs, apporter nos humanités à ceux qui en ont besoin, ne pas céder au mercantilisme, étendre l'activité, faire de la formation, des groupes de paroles, de l'assistance, imaginer d'autres services, tout nous liait. J'avais très envie de cette société mais c'était avec toi, Sam, ou pas du tout.

Sam, te souviens-tu de ce petit bar au Mourillon, sa terrasse sous les platanes. Nous y avons passé du temps. Je t'ai raconté la vie de ma famille qui habitait là autrefois. Tu es capable d'avoir aimé ce bar parce qu'il faisait partie de mon histoire. Le patron était très sympa, le seul qui acceptait de me faire un café à onze heures du soir. Toi, tu le regrettais un peu, associant mes insomnies au café. Au fond, tu sais que ce n'était pas la cause. Dans ce bar, comme dans ce restaurant où nous allions quelque fois, près de la gare, nous avons retenu la bienveillance et même l'approbation de notre amour malgré notre différence d'âge visible. Je l'ai assumé cet écart, tu sais, c'est toi qui avais du mal avec ça. Convaincu que cela me desservait. Mais non Sam, j'étais fière d'être à ton bras. Au début, tu te tenais à distance, ne pas montrer. Oui, je sais que tu pensais à moi, ne voulant pas me desservir, craignant pour moi les regards, mais que tu crevais d'envie de crier de cette façon « J'aime Auriane ». Alors, c'est moi qui prenais ta main chaque fois que nous rentrions quelque part.
Nous avons ri des regards sur nous, parce que tu avais fini par accepter notre différence. Ces regards mauvais, jaloux, envieux, la plupart du temps.

Je te taquinais Sam :
« Ça te fait quel effet d'être envié par tous ces types ? »

Ou :
« Tu dois être fier d'être désiré par une jeune femme ».
« J'ai déjà été désiré par des jeunes femmes, des jolies jeunes femmes », répondais-tu.
« Tu ne les as pas aimés autant que moi ».
« C'est vrai...tellement vrai ».

De cette différence, tu as fait un but, un idéal.
« Lorsque je partirai, naturellement avant toi, je veux te savoir épanouie et heureuse, avec une famille aimante. »
Nous avions le même goût des gens, la même approche facile, toujours disponibles, lucides, heureux de ces échanges éphémères avec des inconnus, déjà riches de ces contacts.

« Pourquoi me regardes-tu comme ça Sam, ça me gêne ».
« Parce que je ne sais pas te dire mon amour, mon admiration pour toi et parce que je sais que je t'ennuie avec mes mots, mes poèmes et mes déclarations. Alors, je te regarde. »

Tu m'écrivais :
« Parce que j'ai tes bras comme un collier autour de mon cou,
Ton regard profond qui bouscule mes yeux,
Parce que ta voix chavire mon esprit,
Et tes jambes autour de ma taille,
Parce que tu es belle en dedans et fragile au-dessus,

Que ton absence arrête le temps,
Parce que j'adore ton cul,
Parce que ta folie fait vibrer ma vie,
Et que tu es comme un ourson au réveil,
Pour que chaque matin se lève dans ton lit,
Parce que tu es impudique et que j'aime ça,
Que tu es une reine et je ne me satisferai pas de servantes,
Tu es mon dernier Amour,
Et le plus beau. »

Un soir d'avril, à mon anniversaire, tu m'as offert ce bracelet en or que je ne quitte plus. Je ne te l'ai pas vraiment dit mais tu ne sais pas à quel point tu m'as touché. Peu de personnes se sont préoccupés de fêter ce moment avant toi. Cette rose rouge qui l'accompagnait, pour moi, une fille à qui on n'offre pas de fleurs, venait conforter mes sentiments. Sam, j'ai perdu le petit collier avec l'émeraude mais je conserve précieusement les boucles d'oreilles que tu voulais signe de liberté. Et moi, que t'ai-je offert ? Rien. Tu disais que j'étais ton cadeau.

Te souviens-tu aussi de notre projet, le premier ? Tu étais fou de ma peinture. C'est vrai que j'ai un certain talent et que mes toiles ont du succès. J'ai voulu que tu m'apprennes l'hypnose et ta manière d'aider les gens. Ensemble nous avons eu envie de faire plus. Un atelier écriture et peinture, un sas pour les personnes en difficulté, avant de commencer les soins. Tu disais que je

serai une excellente hypnothérapeute. Tu n'as jamais douté de moi, Sam.
Il fallait nous précipiter, négliger les détails mais nous avons buté sur les difficultés à nous installer. Oh non ! ce n'est pas le temps qui nous a éloigné, ce sont mes ressentis. Peut-être que je t'ai désaimé, à mon cœur défendant. Je n'y arrivais plus Sam, j'avais besoin de toi, 24h/24, mais tu n'étais pas là. À ta place, mon environnement, mes souffrances, mon manque de confiance en moi, mes expériences ratées, tout jouait contre nous. Je te savais essentiel à ma vie et pourtant, je repartais dans mes doutes.

J'avais présumé de mes forces devant la maladie. Sam, tu ne lâchais rien, trouvant des solutions à chacune de mes difficultés.
De plus en plus, je prenais du recul, espaçant nos rencontres, évitant tes appels. Je t'ai dit :
« Ce que je crains le plus c'est de détruire ta vie, de t'emporter dans ce marasme qui m'habite ».
Tu ne cédais rien, voulais m'épouser.
Plus que tout, ta volonté était de m'éloigner de mon entourage toxique et tu avais raison. Ici, mes plus proches relations me font du mal, gratuitement, exhalations nauséabondes de leurs vices et frustrations. Je suis une victime toute désignée, facile, complice même parfois de leurs insultes et dénigrements. La victoire facile de pauvres âmes en déchéance qui assouvissent leur besoin d'insultes sur mes mains liées par la maladie.

Je le raconte sans pudeur, un soir où nous faisions l'amour, je me suis empalée sur toi en criant :
« Jure-moi qu'on va se marier ! ». Tu as juré.
Nous avons joui ensemble. Je t'aimais passionnément Sam.
Je sais que tu as conservé précieusement un papier d'emballage sur lequel, un soir, dans un restaurant de La Valette, je me suis entraînée à signer mon prénom et mon nom de femme mariée. Ton nom.

En novembre, un soir lugubre, dans cette petite maison des Sablettes, épuisée, malade, vaincue, je t'ai annoncé la rupture. Tu t'es mis à genoux devant moi.
« Ta volonté n'est pas discutable mais je vais en mourir ». Le lendemain, je suis venu te chercher sur le port de Toulon,
« Je ne peux pas te laisser partir, c'est impossible ».
Nous sommes allés dans ce petit restaurant de la vieille ville, tu avais sympathisé avec les patrons.
« Auriane, viens te reposer quelques temps chez moi. Je te laisse ma voiture, tu pourras peindre, lire, te promener, te soigner, tout ce que tu veux. Éloigne-toi de cette ville, prend du recul ».
J'ai accepté, tout m'allait, j'étais sur un petit nuage. C'était facile lorsque tu expliquais. Mais j'ai reculé, la peur, la fuite, encore. Tu ne m'as pas jugé mais je t'ai blessé.

En décembre, tu as accepté une mission difficile, non loin de Toulon, pour être proche de moi.

Malgré tout mon amour pour toi, je t'ai envoyé un message de fin, le jour de ton arrivée pour cette nouvelle mission. Et j'ai fui encore plus, ne te répondant plus, ni aux messages ni aux appels. Je te savais là. C'était trop difficile de me partager, de te consacrer du temps que me prenaient mes terribles maux.

Je savais ce que tu allais ressentir, ta souffrance. Mais la mienne dépassait le possible. Je connais ta force, ta résilience, une fois passés les premiers temps sans moi, je te voyais déjà auprès d'une autre jolie femme. La douleur gommait tout ce que tu faisais, donnais, abandonnais pour nous deux. La maladie m'a forcé à te désaimer. Pour revenir vers toi, je devais d'abord me soigner, si possible m'aimer, vaincre mes démons. Ils étaient entre nous, m'écartelant de peur et d'incertitudes. Je vivais de ressentis imaginaires qui brouillaient ton amour. Il me fallait être seule. Et ça, c'était une épreuve de trop, le séisme qui effondre les édifices les plus solides.

Un soir, je t'ai téléphoné, Sam. Je pleurais, ne parvenant plus à surmonter les difficultés. Qui d'autre que toi pouvait recueillir mes larmes ? Tu étais au Revest, village que je chéris tellement. Tu m'attendais.

« Pourquoi m'aimes-tu Sam, je te fais tant de mal, je n'en vaux pas la peine, je ne comprends pas pourquoi tu

m'aimes ? Tu sais, lorsque je t'ai vu, j'ai su que tu étais ma lumière, qu'avec toi, je peux aller au bout de mes projets ».
Et toi, tu étais arcbouté sur notre amour :
« Je désire simplement être l'homme que tu aimes, Auriane, t'accompagner ».
Je ne t'ai pas rejoint. Coup de grâce ? Je ne me dédouane pas, la souffrance m'ôtait le discernement de ton indestructible amour.

Un jour, à Marseille, nous nous promenions sur le Vieux-Port après une visite à l'hôpital pour mes soins, tu es entré dans une parfumerie. Ce parfum que tu as choisi parce que le nom symbolisait notre rencontre, je le porte toujours. Tu avais raison, c'était une chance.

J'ai perdu l'irremplaçable. Sam est parti. Comme il l'avait dit :
« Sans toi, je n'existe pas ».

L'aurore

Un promeneur a alerté les secours.
La police a conclu au banal dénouement d'une banale histoire d'amour. Ils ont trouvé l'identité dans la poche du blouson ainsi qu'un bout de papier froissé et rougi, serré dans la main de l'homme adossé à un muret, face à la mer.
Les pompiers, habitués aux scènes difficiles n'ont rien relevé de particulier sinon l'avant-bras entaillé.
L'employé des pompes funèbres qui a fermé le sac mortuaire a été marqué par le sourire et le visage reposé de Sam. Un air de sérénité.
Sam a rejoint son étoile.
Ensemble, ils prennent une noisette dans un petit bar.
Il n'est plus seul.

Tu lui diras la force de l'Amour.
Qu'il faut faire attention aux gens qui t'aiment, te respectent. Ils sont rares.
Tu lui diras que je l'aime, que je la respecte.
Sam.

« *Parce que tu partiras mais que nous resterons* »
Philippe Besson

Table des matières

Jeudi 25 janvier, 18 h, plage du Mourillon *13*

Plage, 20 h *15*

Angéline *21*

21 h, sur le sable *23*

La plage, 22 h *25*

Plage du Mourillon, 23 h *29*

Jeanne *35*

Plage, minuit *39*

Sur la plage, minuit... .... *43*

Christelle *49*

Plage, 1 h *53*

Paola *57*

Véra *61*

Plage, 1 h du matin *65*

Auriane *69*

Plage, plus tard 73

Auriane 75

Plage, dans la nuit 77

Auriane 85

Sable humide, nuit glaciale 87

Camille 93

Chloé 95

Julien 97

Auriane 101

L'aurore 113

Pour joindre l'auteur :

s.hippocampe@gmail.com